黃永玉 著

沿着塞納河到翡冷翠

From the Seine to Firenze

中華書局

目錄

翡冷翠情懷

致皮耶羅老兄

（代新版序）

黃永玉

皮耶羅老兄：

你寫的序真好，難以想象一位終生研究小蟲（在我粗淺的知識範圍內，把微生物、細菌這類眼睛看不見的東西都叫做「蟲」）的偉大科學家能寫出如此縱橫瀟灑的好文章。我讀了又讀，忘記了你的本行，幾幾乎錯認你為文學界的同行。

對你的行當，我是很好奇的。眼睛看不見的那些「蟲」，有心、肝、肺沒有？稍微大一點的跳蚤，怎麼一蹦那麼高？按照比例，人如有這麼大的能耐，落回地面之後豈不摔死？所以我認為上帝在生物造型設計上有非常聰明仁慈的安排；公式如下：動物的彈跳能力與其體重成反比。如大象，如胖男女。

「蟲」這東西，我不懂的太多，一知半解的東西更多。比如半夜三更睡在床上看書，發現一顆細紅點在書頁上慢慢移動。牠大約只有頭髮直徑的二十分之一大。順手指輕輕一抹，

書頁上留下一顆小小紅點，紅得抽象之極。我給牠算過，三十秒走一英寸。牠怎麼到書上來的？爬？飛或跳？來幹什麼？

回憶七十年代的怪虫，在鳳凰。
（原大）
2013.11.27
北京

自從前幾年在你西耶納家中做客以後，凡是碰到「蟲」這方面的事，馬上就會想到你。

四十多年前，我在老家鳳凰，一個下雨的晚上，飛進屋裏一隻大蟲。我抓住之後把牠釘在木板牆上。翻遍昆蟲大辭典都找不着根據，現畫上奉你一觀（我清楚你不是研究這一類大蟲的）。

世上有很多巧事。

你出生在西西里，我出生在湖南鳳凰，各在地球的一端，兩地民族性的強悍、氣度卻那麼相似！這是一。

我的女兒不遠萬里到意大利讀書，遇到你的女兒瑪利亞，成為好朋友，多年一起在湘西、貴州、四川……做「扶貧」工作。這是二。

我鳳凰幾百年的老房子原在孔夫子文廟隔壁。多少代人做的是執教「私塾」和料理每年祭奠孔夫子的工作。沒想到我在意大利翡冷翠找的住處卻跟列奧納多·達·芬奇一個鎮子。每次進城都要從他老人家門口經過；陽臺上隔着層林早晚看到老人家院子。我從小到老，居然有幸親近東西方兩大巨人。尤其有意思的是，我五六歲，媽媽就在院子乘涼的時候說過，世界上最偉大的畫家名叫列奧納多·達·芬奇，他是意大利人。

同時還發生一個我不太願意講的事情。（還是講吧！）我家鄉天主堂有個神父是意大利人，他研究醫學，是個經常給老百姓看病的醫生。他的研究室裏放着許多玻璃罐，其中幾個泡着逐漸成長的嬰兒胚胎標本。不懂事的閒人以為他像泡醃蘿蔔似的泡小孩吃，趕跑了他。差點丟了性命。

蠢事代代都有，毫無辦法。有的可以原諒，有的是認識水平問題，所以來來回回的歷史片段相當精彩。

明朝萬曆時顧起元的《客座贅語》就寫過以下這些話：

利瑪竇，西洋歐羅巴國人也。面皙虬鬚，深目而睛黃如貓。通中國語。來南京，居正陽門西營中。自言其國以崇奉天主為道；天主者，製匠天地萬物者也。所畫天

主，乃一小兒；一婦人抱之，曰天母。畫以銅板為幀，而塗五彩於上，其貌如生。身與臂手，儼然隱起幀上。臉之凹凸處正視與生人不殊。人問畫何以致此？答曰：「中國畫但畫陽不畫陰，故看之人面軀正平，無凹凸相。吾國畫兼陰與陽寫之，故面有高下，而手臂皆輪圓耳。凡人之面正迎陽，則皆明而白；若側立則向明一邊者白，其不向明一邊者眼耳鼻口凹處，皆有暗相。吾國之寫像者解此法用之，故能使畫像與生人亡異也。

你大我五歲。聽說你這個九十五歲的人還天天上班。這令我十分佩服。

我五年前開始寫一部自傳體的小說。在故鄉的十二年生活，約八十萬字。最近已經出版，共三冊。

第二部從一九三七年抗日戰爭至抗戰勝利的一九四五年。約六十萬字。

第三部寫一九四六年至「四人幫」垮臺，大部分在北京的幾十年生活。最少一百五十萬字。

問題是我九十歲了。做過的事情不算；正在做的事就很難說了。上帝有多少時間給我呢？

中國有一句老話：「做一天和尚撞一天鐘。」

想到你還每天上班下班。我的勇氣就來了。老兄！不學你學誰呢？

前幾天我忽然想到一件事，問黑妮：「意大利的小孩穿不穿開襠褲？」

黑妮大笑說：「沒有。」

我們是兄弟，你大我五歲；那也就是說，我呱呱墜地之際，你若在中國，五歲的孩子，肯定是穿「開襠褲」的。

我這本書，多虧你的女兒瑪利亞和我的好友陳寶順先生費心費力地翻譯成意大利文，衷心地感謝他們二位。這本書能讓你和更多意大利朋友看到，是我多大的榮幸。

祝

快樂健康！

黃永玉

二〇一三年十二月十一日於北京

意大利文版序

彼得·奧莫德奧

我手捧着書，手指夾在書頁中間，不時地停頓下來；我沉浸在遙遠的過去，嚮往着許多熟悉的地方，緬懷我曾經喜愛過的人。黃永玉先生用清晰、明快、美妙的語言敍說了他在巴黎和翡冷翠逗留期間的故事，乃至莫斯科和北京的一些故人、往事。

來到巴黎的人，誰還不匆匆趕往巴黎聖母院、埃菲爾鐵塔去參觀，或者漫步在塞納河畔呢？成千上萬的人仰望橋上的美景，低頭傾聽湍急的河水拍打橋墩發出的漩渦聲。洛東達（Le Rotonde）咖啡館雖然鮮為人知，有時走累了，我也會去那裏歇息，看着寬闊的蒙帕納斯大道來去匆匆的陌生行人。那是一九三六年三月還是四月的事情了。

黃永玉去過的這家咖啡館，布拉克、莫迪里阿尼和他美慧的妻子簡妮、畢加索、愛倫堡也去過；以及後來的列寧及其同伙，他們在那裏曾經夢想策劃一個新俄羅斯。所有人都對他們刮目相看。我對他們幾乎一無所知，只是背對他們喝我的啤酒，由於啤酒價格昂貴，我還擔心衣兜裏的錢夠不夠結賬呢！

畢加索！對啊，我們見過面。一九四九年在普萊耶爾大廳相遇。那正是他春風得意的時候。那年他的小女兒帕洛瑪出生了；他畫的和平鴿展翅飛翔了，巴黎滿大街牆上貼滿了和平鴿。畢加索給我的印象身材矮小，寬厚的肩膀，是西班牙人典型的身材，和我想象的卻完全不同。

愛倫堡，我是兩年後遇到的，當時我並不知道他是藝術評論家。他自我介紹是一名記者。談到他戰爭期間的工作時，他的眼睛裏露出恐懼的神色，不是因為見到過戰爭創傷和承受過艱難困苦而憂慮，是對戰爭可能捲土重來而恐慌。他說俄羅斯廣闊的大草原，因其色彩單調，不能激發畫家的靈感，卻能引發歌唱和音樂感。我順着他的話題聯想到那些牧羊人用輕聲吟唱伴隨自己的孤獨，吹奏有濃厚鼻音的風笛，或者含在嘴上的樂器（marranzanu）模仿鳥的叫聲。草原的色彩真是太單調啦。

我是怎樣聽懂愛倫堡的談話的？他當時是講法語，還是導遊給我輕聲翻譯的？我不記得了。我只記得法捷耶夫也在座，他身材高大，神情專注，目光冷酷，臉色通紅，像似伏特加酒喝多了，像一名正在廣場上吆喝的軍士。永玉說法捷耶夫手裏掌控一根「文化指揮棒」。我從未見識過這根「指揮棒」。但是當我讀到《大師和瑪格麗特》這本書時，我想起了書的作者布爾加科夫說過，他是一個名副其實的蘇聯文學正統的衞道士。斯大林逝世後，法捷耶夫自殺了。這件事也許永玉不知道。也許在俄羅斯境外，就只有永玉和我這種巧遇的旁觀者還提起他。

我真想找一本愛倫堡的書來讀，天知道它被翻譯成哪些語言。我還想找一張洛東達咖啡館的明信片；每次來到巴黎我總會去那裏，坐在原來坐過的椅子上，瀏覽咖啡廳內牆壁上琳琅滿目的人物畫像、圖片和那些潦草的簽名。我深信，永玉和我對那個特殊的環境有着很多共同的記憶。

永玉出生在湖南省，我出生在西西里島，相隔幾乎繞半個地球的距離。然而在我們的共同回憶中，涉及了許多名人往事，甚至還有那些名氣不大的名人，譬如詩人路易·阿拉貢，以及一些鮮為人知的名勝古跡。

我們就像兩個未曾見過面的親兄弟，九十年後哥兒倆才團圓。這一切是怎麼發生的呢？追根溯源，我的女兒瑪利亞有一天對我說：「爸爸，我的朋友黑妮，她的爸爸要為你九十歲生日畫張像。」於是黃永玉從遙遠的東方，一下子出現在我西耶納家裏了。他給我畫了不只是一張，而是兩張像。第二張比第一張小一些，顯示出一種幽默誇張。那是在他對我本人、對我的過去有了深入了解之後，滿懷手足情誼的感覺畫的。而我是看了他的畫，他的雕塑，他的橋和讀了這本書之後才感受到我們兄弟般的情誼。以我一生對生物學的研究和從事的教學工作，我卻無法詮釋這種兄弟般的情誼。

說說阿拉貢的一本詩集：書名為《在異國，在本國》（En étrange pays, dans mon pays lui même）。敍說外國人身處異國他鄉的感受，一般會感到「水土不服」、「感情上不相適應」。然而這些描述都不能説明一切；還可以説是「隨緣不變」，就像一個孩子看着母親，雖然母親穿着同樣的衣服，但是在孩子的心理上把媽媽又看做另外一個人；這樣他們就會永久地變成另一種關係。這就是我對阿拉貢詩的理解。

遺憾、憤怒和憂鬱都不適用於永玉。永玉對我們説過他在養豬場受到的「再教育」，對他而言，不過是一次荒謬的經歷，對此他並不感到憤然，只是感到好奇；他很樂觀，甚至還感到生活豐富多彩。

永玉喜歡雕塑家羅丹，尤其喜歡身穿貼身長袍的巴爾扎克塑像。當時這座塑像並不受客戶喜愛，羅丹毅然退還了定金。白色的石膏，幽靈般的色彩，塑像依然擺放在博物館一個角落裏，見證着某些評論家愚蠢的官腔。然而在菲利克斯·德呂埃勒廣場，偉大的陶藝家帕利西身着工匠皮圍裙的塑像，正在期待着他。永玉沒有提到羅丹塑造的女性人體雕塑，農村婦女那種粗壯的體型。

永玉塑造的銅塑女性給人一種飄逸的感覺，一種難以形容的飄逸。她們並不瘦骨嶙峋，她們像海水拍打在岩壁上濺起的浪花一樣，飄逸飛翔。儘管她們是銅塑，即使放在露天也會冒一定風險，令人擔心她們會隨風飄去，飛向太空。流傳過這樣一段趣事，一個宇航員維修空間站外部，他穿着厚厚的宇航服，拿着工具在失重的太空中行走，竟然邂逅一名飄然而來的女子，她面帶笑容、裸露身軀。他一見鍾情，全然忘卻了維修工作，意欲隨她而去。長長的救生帶生生地拽住了他。伙伴們費了很大力氣才把他拉回艙內。從此他天天扒着舷窗往外窺視，希望再看那姑娘一眼。

永玉的雕塑給人的就是這種感覺。而羅丹的雕塑卻完全不同，聳立在那裏等着你來，隨時準備擊你一掌。

對不起，我跑題了。言歸正傳，讓我們回到地面。

黃永玉先生的大畫、小畫、彩畫或水墨畫像中國漫山遍野的鮮花、托斯卡納的田園和梵高畫中的向日葵，絢麗多彩。

我這位年輕的兄弟畫過畫，做過雕塑，還設計了一些橋，美化他的家鄉。書中有一章專門講述了橋樑的不同功能及其多樣性。而我更喜歡把橋視為連接不同國界的象徵。

古羅馬對修建連接臺伯河兩岸橋樑的人賦予崇高的榮譽。他們稱「橋樑設計大師」為「Pontefice」（也是對教皇的稱呼——譯注）。這是一個非常崇高而光榮的頭銜。

我認為不能簡單地稱呼永玉「大師」，而應該稱呼他「Pontefice」——橋樑設計大師，不過這是他並不情願接受的稱呼。

九十歲生日快樂，兄弟！祝願你不斷創造出更多的奇跡，以及……

等一下！別忘了把雕塑關進籠子裏，以防她們飄逸而去。還得小心比扒手更危險的「飛車黨」（銷毀報廢汽車的行業。戲謔地比喻人老了可能遭此厄運——譯注），翡冷翠就有很多呢！他們想要鏟除一切廢舊的東西。小心哦！

陳寶順 譯

原版序

黃裳

永玉從北京打電話來，說他的《沿着塞納河到翡冷翠》要重印了，要我寫一篇小序。近來實在寫序寫怕了，每逢接到「命令」，總是膽戰心驚，千方百計想躲避。但這回卻兩樣，我讀過這本書，覺得寫得極好，留下的印象深刻而鮮明。在新印本前說幾句話，是愉快而光榮的事。趕忙從書架上找出了原書。我的書雜亂放置，要找一本是非常困難的。這次卻不然，一索而得。看看題屬，還是一九九五年十二月永玉過滬時相贈，是送給內人和我的。光陰似箭，轉眼十二年過去，現在只能由我一個人把玩欣賞了。什麼是「故人」「舊侶」，這就是了。

過去畫人文士常常自己或由旁人品評自己的藝術成就，如「詩第一，畫次之⋯⋯」之類，這往往是不大靠得住的。這有多方面的原因。也許是自謙，也許不是，內藏玄機多多，不可盡信。永玉是個「好弄」之人，木刻、繪畫、雕塑、造型藝術⋯⋯之外，尤好弄筆。散文、電影劇本、新詩、雜文⋯⋯樣樣來得。按我的私見，他的畫外功夫，以散文為第一。他的散文寫作，也包括了許多方面。如極簡短的配畫的語錄體短文，包含豐富的哲理意蘊；擴而廣之的《水滸》人物畫，題畫不過簡短的一兩句，卻能片鐵殺人。如他畫在五國城的大宋道君皇帝，如北宋名妓李師師，儘管她與周邦彥的故事，經王國維考證是莫須有的傳說，卻無妨作為畫題。有時我覺得考據家往往是藝術破壞者，他們將許多美好的傳說都糟蹋了。考據家破壞了多少人間好夢，但詩人畫家卻視而不見，任意而行。照舊說都是可以「浮一大白」的。

散文的範圍極廣，其中自然包含了遊記一種。遊記的寫法也有多種，有柳子厚的《永州八記》，也有陸放翁的《入蜀記》，風格各異，寫法亦不同。但觸景生情，其隨筆所生的感慨卻絕不可少。好的遊記之有別於旅行考察報告者在此。這本美麗的小書也應是遊記，也應該如此看待、衡量。

我同意作者對徐志摩的評價，他的極限功績是為一些有名的地方取了令人讚歎的好名字，如「康橋」、「香榭麗舍」、「楓丹白露」、「翡冷翠」……至於他自己，不過是一位漫遊巴黎的「大少爺」而已。

關於意大利、法國，我自然是「心儀」的，但只有資格作為一個「臥遊」者，隨着作者的「畫筆」領略一些美麗的碎屑。此外，也有些許篇章，和個人有些牽連，因而感到濃厚的趣味。如作者寫他與林風眠交往的故事。

永玉記在杭州初訪林風眠，那位經林夫人用法國腔國語教熟的應門小童，舉止聲口，真是活畫。後來在上海南昌路住在馬國亮隔壁的林風眠，又另是一番光景了。我是常到馬家去玩的，卻沒有請馬國亮介紹去訪問過大師，僅有一次是跟朋友一起去的，見到了這位自稱「好色之徒」的大畫家。友人唐雲旌極佩服大師的作品，但畫價高昂，買不起，又不敢索畫。後來我在巴金家裏看到掛在客廳裏的一幅林風眠的秋鷺。巴金說，林風眠在去香港前，整理存畫，分贈友人。巴金說：「你不早說，他的畫還送不完呢！」

讀原書的「後記」，發現這樣一句：

> 女兒小時候對我說：「爸爸，你別老！你慢點老吧！」她都大了，爸爸怎能不老呢？女兒愛爸爸，天下皆然。
>
> 到「文革」中，女兒八九歲了。
>
> 「爸爸，你別自殺，我沒進過孤兒院啊！怎麼辦？爸爸！」
>
> 我拍拍她的頭說：
>
> 「不會的！孩子！」

寫這篇後記時，永玉六十八歲。今年幾歲了？噯！我們都老了，也都能體會到「女兒愛爸爸」這句「天下皆然」的「真理」。

希望我們都能保持「特別之鮮活」的腦子，像《沿着塞納河到翡冷翠》中的文字和畫筆似的鮮活。

二〇〇六年八月八日

沿着塞納河

你呢？

你沒有失落掉塞納河呀！

塞納河隨時都等着你。

盧浮宮外大橋（之一）

沿着塞納河

如果是靜靜地生活，細細地體會，我可能會喜歡巴黎的。

眼前，我生活在巴黎。我每天提着一個在沙特爾買的簡陋的小麻布袋，裏頭裝着一支「小白雲」毛筆，一個簡易的墨盒（幾次到歐洲來都用的是它）跟一卷窄而長的宣紙。再，就是一塊厚紙板和兩個小鐵夾子；我在全巴黎的街頭巷尾到處亂跑，隨地畫畫。後來在塞納河邊的一家出名的歷史悠久的美術用品店裏買到

一具理想的三腳凳，畫畫的時候不再一整天、一整天地木立着了。沒想到坐着畫畫那麼自在……

嚴復、康有為，梁啟超，提到的那個巴黎和我那麼遙遠。他們的「評議」，只給我一種站在大深井邊的神祕的驚訝。六十多年前，我畢竟太小，對自己身邊的現實尚茫然不得而知；幾萬里之外的巴黎和我有什麼相干？

盧浮宮門口貝聿銘設計的金字塔夜景

徐志摩寫過英國、意大利和巴黎，他的極限的功績就是為一些有名的地方取了令人讚歎的好名字：「康橋」、「香樹麗舍」、「楓丹白露」、「翡冷翠」……徐志摩筆下的巴黎，不如說是巴黎生活中的徐志摩。讓五六十年前的讀者眼睜睜地傾聽一個在巴黎生活的大少爺宣述典雅的感受。

我倒是從雨果和左拉、巴比塞以及以後的愛倫堡、阿拉貢這些人的文字裏認識到巴黎真實的人的生活，那種詩意的廣闊、愛情和艱辛。

五十年代初期，香港放映了一部美國歌舞片叫做《巴黎豔影》。為什麼四十年後我還記得這個庸俗的名字呢？平心而論，它是一部活潑生動的片子，介紹幾位住在閣樓的年輕藝術家（音樂家、舞蹈家、畫家……）真實的生活方式。導演一流，舞蹈一流，攝影一流，演技一流。其中採用了後期印象派矮子畫家圖魯茲·勞特累克畫作中的人物和色彩，讓那些在燈光下的紅色、綠色的臉孔閃耀起來。

偉大的電影家、中國人民幾十年的老朋友伊文斯拍攝過的紀錄片《雨》、《塞納河畔》，精心地給人們一層一層剔開巴黎和巴黎人的原湯原汁的那種心靈中最純淨的美。

我是個「耳順」的老頭子；其實一個人到了「耳順」的年紀，眼應該也很順了。

寫生的時候，忽然一群罩着五顏六色花衣裙的大屁股和穿着大短褲的毛手毛腳的背影堵在我的面前。我這個人活了這麼大把年紀，可真沒有見過罐頭式的齊整、燦爛、無理的障目之物有這麼令人一籌莫展的威力。

聖雅克塔。去西班牙朝拜的起點。

法國人、意大利人、日本人、丹麥人、荷蘭人有時也會偶然地擋住我的視線，但一經發覺，馬上就會說聲對不住而閃開。但這些美國人、德國人不會。為什麼他們就不會？我至今弄不明白。

我習慣了，「眼順」了，我放下畫筆休息，喝水抽煙，站起來東看西看，舒展心胸。巴黎人、意大利人歷來不擋畫家。更是見怪不怪。

愛倫堡在他的《人．歲月．生活》一書中提到巴黎人幾十年前一段趣事：一個全裸的中年人斜躺在巴黎街頭咖啡館的椅子上喝咖啡、看街景。人來人往，不以為意。警察走過來了，他也不理。警察問他：「先生！你不冷嗎？」他仍然不理，警察只好微笑着離開。

巴黎的大街齊整、名貴、講究，只是看來看去差不多一個樣，一個從近到遠的透視景觀又一個透視景觀，缺乏委婉的迴蕩。招引來一群又一群魯莽的遊客，大多麇集在輝煌的宮殿、教堂或是鐵塔周圍，形成二十世紀的盛景。

有文化教養，有品味位的異國人大多是不着痕跡地夾在巴黎人的生活之中，他們懂得巴黎真正的濃郁。

我在盧浮宮親眼看到夫婦倆指着倫勃朗畫的一幅老頭像讚歎地說：「啊！蒙娜麗莎！」而真正的那幅蒙娜麗莎卻是既被雙層的玻璃罩子罩住，又給圍得水泄不通。

「蒙娜麗莎？啊！我知道，那是一首歌！」一個搞美術的香港人對朋友們說。我也在場。

蒙娜麗莎是一種時髦傾向，但不是藝術傾向。

法國寫生（之一）

是畫家的搖籃 還是蜜罐

巴黎是畫家的搖籃、天堂。

巴黎又何嘗不是畫家精神的、肉體的公墓。

像戰爭中的將軍一樣，將軍是成功的士兵。真正在戰場上廝殺的千百萬戰士，你知道他們的名字嗎？

中國一位非常聰明的畫家住在巴黎，名叫常玉。五十年代初期，中國文化藝術團來到巴黎，既訪問了畢加索，也訪問了常玉。常玉很老了，一個人住在一間很高的樓房的頂樓。一年賣三兩張小畫，勉強地維持着生活。他不認為這叫做苦和艱難，自然也並非快樂，他只是需要這種多年形成的無牽無掛運行的時光。他自由自在，僅此而已。代表團中一位畫家對他說，歡迎他回去，仍然做他當年杭州美專的教授……

「……我……我早上起不來，我起床很晚，我……做不了早操……」

「早操？不一定都要做早操嘛！你可以不做早操，年紀大，沒人強迫你的……」

「嘻！我從收音機裏聽到，大家都要做的……」

巴黎聖母院

和他辯論是沒有用的。各人有各人心中的病根子。雖然旁邊的人看起來是一件區區小事。

早操做不做概由己便，這是真的。如果常玉知道開會是非去不可，那理由就駁不倒了。常玉不知道開會是一種比早操可怕得多的東西，尤其是搞起運動來的時候。

六十年代常玉死在巴黎自己的閣樓上。《世說新語》的一段故事中有句話說得好：「我與我周旋久，寧作我。」

這就是常玉。

對於人來說，巴黎太好玩；對於畫家來說，巴黎是藝術廟堂的極峰。

十多年前，兒子在選擇去巴黎或羅馬哪個地方學畫舉棋不定的時候，我讓他去了羅馬。理由仍然是巴黎太好玩，年輕人在那裏容易花心。

有一天，斯諾夫人和阿瑟·米勒的夫人英格爾在北京我家吃飯，談到我兒子選擇羅馬讀書的決定時，她們大笑地告訴我：「羅馬也是很好玩的地方啊！……」

兒子到底還是去了羅馬。

我從歷史的角度發現，巴黎和意大利諸城的藝術環境很像一個裝蜜糖的大缸。收藏之豐富，藝術之濃稠，原是千百萬蜜蜂自己釀出來的。但人們卻常在大缸子裏發現被自己的蜜糖淹死的上百隻蜜蜂。

一般的觀眾和愛好者欣賞名作時，是無須擔心給「淹死」的。從事藝術者卻不然。他每

巴黎聖母院
後街

天和藝術的實際性東西接近。年深月久，欣賞水平遠遠把自己的藝術實踐水平拋在百里之後。眼光高了，先是看不起同輩的作品，評頭品足；最後連自己的勞作也輕蔑起來，乾脆什麼也不做，粘住手腳，掉進缸裏淹死完事。

藝術的蜜罐裏，不知淹死過多少創造者。

蜜蜂原是在花間、在蜂房裏工作的成員，固然有空的時候也可以到蜂蜜缸邊走走，欣賞歷來勞動的成果，壯壯自己的聲勢；然而站在缸邊活動的工作終究不是分內的事。藝術工作之可貴原就在一口一口地釀出蜜來，忘了這一口一口，忘了那來回奔忙的任務，已經不像是一隻正常的蜜蜂了。

我有時還自覺不太像一隻蜜蜂。雖然，不怕曬太陽，不怕走遠路，經得起一坐七八個小時，忍得飢餓、乾渴，雖然後腿窩囊裏的花粉——自己食用的粗糧採得滿滿的；至於高質量的蜜糖，卻未必一定夠格。這就是自己對自己和歷代高手以及當代能人相比較而產生的思想。

走在塞納河邊，背着沉重的畫具，一邊走一邊嘲笑自己，甚至更像一隻螞蟻。

不過螞蟻比我好，集體觀念和組織紀律性都比我強。

我是一隻孤獨的螞蟻。世界上有獨居的螞蟻嗎？請問！

不知名者噴泉。後為蓬皮杜展覽館。

追索印象派之源

一個奇怪的現象，為什麼印象派是沿着塞納河發展起來的？那些老老少少、男男女女，不分貧富，都沿着塞納河居住，畫的都是塞納河一帶的生活，除了高更遠遠地在塔希提島之外——雖然塞納河還是他的老根。

這是一個頗為有趣而特殊的現象。

我想告訴一位在巴黎居住而研究美術史的女孩，問她為什麼不去寫一部這樣的又厚又大、夾着精美的照片和插圖的大畫冊呢？我真想這麼寫信給她：

「比如說，沿着塞納河，也沿着印象派的發展史；沿着每一位畫家的生活；沿着他們曾經畫過的每一幅作品……你開一部小小的汽艇，裝滿你需要的美術研究資料、攝影器材。花一段較長的時間生活在你的小世界裏，我想你定會做出跟任何過去的美術史家不相同的成績來。同時也很有趣，你想，太有趣了是不是？你還可以釣魚，高興就跳進水裏。做一個船上的美術史家。」

世界上許多文化成績都是由一些烏七八糟的怪念頭點燃的。接着我還想這麼寫：

巴黎鐵塔和塞納河兩岸（之一）

「身邊的巴黎不寫，你到翡冷翠來研究拜占庭幹什麼呢？或者，你是來學習『研究方法和技巧』之後再去研究巴黎文化的罷！世界上有許多事情是個謎。巴黎、塞納河、印象派和你這一類的女孩子……我一直不明白為什麼任何人都要去研究一種非常系統、非常全面的文化？

「我這個老頭絲毫沒有任何系統的文化知識，卻也活得十分自在快活。我要這些知識幹什麼？極系統、極飽和的龐大的知識積聚在一個人的身上，就好像用一兩千萬元買了一隻手錶。主要是看時間，兩三百元或七八十元的電子錶已經夠準確了。不！意思好像不是在時間之上。於是，一兩千萬元的手錶每天跟主人在一起，只是偶然博他一瞥。

「讀那麼多書，其中的知識只博得偶然一瞥，這就太浪費了！

「我這個老頭子一輩子過得不那麼難過的祕密就是，憑自己的興趣讀書。

「認認真真地做一種事業，然後憑自己的興趣讀世上一切有趣的書。

「世界上的書只有有趣和沒有趣兩種。有益和有害的論調是靠不住的。這個時候有益，換個時候又變成有害了。這書有什麼意思？比如，蘇聯幾十年前出過本《聯共（布）黨史》，被說成是一本對全人類命運至關緊要的最有益的書；懷疑是有罪的。現在呢？變成一本有趣的書了。你可以用它去對照國際共產運動的發展，得出妙趣橫生的結論。林彪的《毛主席語錄》也有同樣的效能。這都是時間轉移的結果，由不得誰和誰來決定。

「我怎麼越說越遠了？

巴黎鐵塔和塞納河兩岸（之二）

「關於塞納河和印象派的關係，相類似的問題我以前也有過。想一個人找一隻木船，帶着攝影、錄音器材和畫具，從我的老家洞庭湖出發，上溯沅水或是澧水，沿着兩千多年前的屈原或是四五十年前的沈從文的文章中提到的事物作一些考據和調查，一個碼頭一個碼頭地訪問，體會。浮過一道道長滿幽蘭和芷草的清清的河面，真是令人神往。我可能實現不了這個願望了。家鄉的河流失了我；我也失掉了家鄉的河。

「你呢？你沒有失落掉塞納河呀！塞納河隨時都等着你。唉！不過我覺得你這個人雖然有條理，耐煩，負責任，意志堅強，也雅興不淺，只是個子太小、太稚弱。

「你受得了書房之外的勞動嗎？這種工作想起來滿是快樂，陷入之後心情的焦躁，孤獨，有時忽然覺得枯燥，或者和所有的女孩子都具有的美德——嘴饞一樣，突然懷念起某種時常吃到的零食，而小船上恰好離賣這種『恩物』的商店很遠……這一切，你抵抗得了嗎？

「當然，當然，你還可以，而且應該到翡冷翠來研究你的拜占庭藝術，不過，不要忘記一個老頭說的這個值得一試的工作。」

塞納河畔書攤

「老子是巴黎鐵塔」

巴黎這一帶的塞納河，上至鐵塔附近，下至聖母院二十多三十里地，是我每一天用雙腿走得到的地方。

再遠一點，我就不清楚了。用六十幾歲的眼睛估計，看看也好像沒有什麼可畫的地方。

我就從鐵塔畫起吧！鐵塔是那麼大。我前些年第一次到巴黎的時候，可真把我嚇了一跳。在它的底下，好像走入一座大得了不得的殿堂。

小時候，六七歲，家父的朋友從巴黎寄來一張鐵塔的明信片，我幾乎愛不釋手。那

麼高的塔居然用鐵做的。哪兒找來那麼多的鐵？哪兒找來那麼多的鐵匠呢？

是夏天，嬸嬸幫我在木澡盆裏洗澡，洗呀洗的，我忽然雙腳叉開，鼓起勁，大聲地叫着：「老子是巴黎鐵塔！」

坐在旁邊的爸爸的朋友高伯伯開玩笑地指着我的「雞雞」說：「你是鐵塔，鐵塔下面這個東西是什麼？」

突如其來的問題好像沒有把我難倒，「是電燈！」

塞納河遠望鐵塔

前些年第一次來到鐵塔底下我下意識地朝上面看了一下，沒有電燈！不禁哈哈大笑起來。同行的朋友問我怎麼一回事？我幾乎笑不可抑，把這個六十年前的故事說給他們聽。奇怪的是，二十年代，鳳凰縣當時沒有電燈，我哪來的電燈知識？

鐵塔近前似乎很難入畫，人太多，都在大口地咀嚼東西，喝水。幾萬人融合在混亂之中。有的女人——並不太少，似乎只穿着褻衣；男的赤膊，像游泳場一樣，接近於「裸」的境界。

北京有句老話：「惹不起，可以躲得起。」

我過了橋，上了山，坐在草地上遠遠地畫了一張鐵塔。前頭有樹林，有推着搖籃車的年輕母親，還有三個胖老太在嘀咕媳婦的是非。

「咕哩咕嚕！」走來一個年輕的法國女人跟我打招呼，微微地笑着，然後跪在我背後看我畫畫。她很漂亮。

她又「咕哩咕嚕」說了些什麼。

我告訴她，什麼都聽不懂，她說了等於白說。可惜她連這些話也不明白。

她倒水，給我一杯，她自己一杯。

喝不喝呢？喝吧！我身邊只有很少的錢，為了一個寫生的老頭下「蒙汗藥」是不上算的。看起來她是個好女孩——其實也難說——最後證明她是個好女孩。半個多鐘頭，她又「咕哩咕嚕」一聲，招招手，微笑，走了。

我馬上摸摸後褲袋的煙皮包在不在？這種下意識動作很卑劣；如果煙皮包被誤認為錢包

洛東達咖啡館（之一）

而被扒走，就不卑劣。從心裏似乎覺得對不起這位年輕的觀眾；也不然，前幾年為了看永樂宮壁畫，在風陵渡等火車，讓人把大皮袋割了一個大口子……我們心底「不信任」的基礎太深了，辜負了太多的好意……想到這裏，畫也畫得不痛快了。這時候，近處一個中年胖子正在破口大罵他的小兒子正踩一攤狗屎……不畫了，到下游去吧！

我沿河往下沒走半里地，發現這個角度比在山上畫鐵塔更好，便靠着小短牆畫將起來。兩個阿爾及利亞的賣畫青年走過來和我聊天，問我哪裏來？這是什麼紙？畫完一張，轉過身來把對河的一座好看的教堂也畫了。兩位青年還說：「老頭，太久了，你不累嗎？」

天天如此，一輩子如此，不累！

我步行回家，一路挑選明天的風景。

回到家，妻子問我：「你怎麼能和阿爾及利亞的青年說話？」

「說英語呀！」

「什麼時候你會了英語？」

「帶插圖的英語嘛！」

飛來與我們喝早茶的金絲雀

《沿着塞納河》只是個大概的題目，是「流域」，不是河本身。河本身有什麼意思？一條大溝，裝滿流動的水。——愛說什麼就說什麼。我又不是嚮導，也非歷史學家；說老實話，以後畫了許多好看而有名的建築，我根本就說不出沿革來。如果我真的照旅遊手冊上一條條抄下來當作我的學問，不只自己會臉紅，高明的朋友們怕也不原諒我。我的真面目就是有許多東西我不全清楚。孔夫子說：「知之為知之，不知為不知，是知也！」我聽了特別舒服。承認「不知」也算一種美德，是輕而易舉的。

在巴黎的住處是好友為我找的。真是費心，在盧浮宮牆之外的大街上，一套鬧中取靜的典雅的屋子裏。不知三樓還是五樓？電梯小，轟隆轟隆來到樓上，糊裏糊塗住了一個多月。

樓上大陽臺看到盧浮宮頂一系列雕刻。直街拐進另一條橫街，中間的丁字角就叫做「廣場」，「廣場」中一個騎馬的武裝女人，鍍金銅像，神氣得很像那麼一回事。她就是「聖女貞德」。

貞德打過仗，後來被對方燒死了，因此是死得頗為壯烈的。這些知識是從英格麗·褒曼演的電影中得到的，但我記不起是否真看過那電影？一般說，如果感動了我，我一輩子也記得住。要不是沒看過或是僅看過電影介紹；要不就是那電影不值得記憶。

貞德成為英雄之後就和花木蘭、劉胡蘭一樣，後人總希望她們當時更完美、更值得尊敬，這應該不是她們本人的意思；加油加醬，弄成個神不神、人不人的東西，為人們所生疏，和愛心離遠了。

我們住的這套房子的客廳有古老粗糙的大木頭支撐着，這顯然是為了裝飾。刷上帶痕跡的白堊水也是故意的，使得這房間很有人情味，看出原主人有趣的不在乎和坦蕩。

每天大清早就滿滿的一房間太陽，使我們全家喝早茶的時候都很開心。各人說出各人今天的計劃，買畫冊、唱片或是上博物館。只有我比較單調：出去畫畫。我想不出比畫畫更有意思的事。不畫畫，豈不可惜了時光？

有一天喝早茶的時候，窗外飛進一隻金絲雀。我們都以為牠很快就會飛走的，牠卻在我們座位之間來回招呼，甚至啄食起餅屑來。

牠一進來，我馬上想的是：「關窗！」但沒有說出口。幸好沒有說出口。牠對人類的信任，頗使我慚愧。這已經不是第一次，毛病形成是很難一下改變的。

在紐約、華盛頓、哈佛校園內看到草地上的松鼠，在墨爾本看到地上散步的鸚鵡，在意大利、巴黎看到滿地的鴿子，第一次，我都是不習慣的。「為什麼不捉起來呢？」「捉起來」才合乎常規。

貞德廣場

在地上看到一方木頭，馬上就想到：「拿回家去！」拿回去幹什麼，以後再打算不遲。舊金山的鴿子和狗前幾年忽然少了許多，後來發現是越南難民在吃這些東西，警察訊問他們，得到的回答卻出乎意料：

「牠們很『補』呀！」

我聽了這個傳說當年曾經覺得好笑，而且轉播別人聽。唉！作為一個不幸的東方大陸人，什麼時候才會打心裏寬容起來呢？

那隻金絲雀玩了兩個多鐘頭，後來就飛走了。我們都以為牠改天會再來，一天、兩天過去了，一直沒有看見牠。到別人的家裏去了，也許是回自己的家。

為了這隻金絲雀，我心裏有着隱祕的、懺悔的感覺，甚至還不只是對這隻具體的小鳥。牠好像一座小小的會飛翔的懺悔臺。

在聖女貞德廣場
的一座房子的三樓
是我租住的寓所早晨
曾有金絲雀飛來吃早餐

在聖女貞德廣場的一座房子的三樓是我租住的寓所。早晨曾有金絲雀飛來吃早餐。

憶雕塑家鄭可

塞納河岸有一座紀念碑，我每天都要從它的跟前經過。我太忙，都是急着要趕到目的地去。

這一天，輪到它了。不只它有出色的雕刻，旁邊一排樹林和嫩綠的草地也非常動人。天哪，是布德爾的作品。

多少年來我一直景仰的雕塑家。家裏藏着他的作品集大大小小十來本，每到一個地方都要打聽書店裏有沒有他的畫冊賣。我是一個布德爾迷毫無疑義。沒想到我莫名其妙地來到他作品的跟前。

他是大家都知道的跨腿拉滿弓的《射者》的作者。不只是作品震動人心，更重要的他是一位創作思想家。他高明而精闢的藝術主張密度太大，太堅硬，後人要漫長漫長的時間才能一點一滴地消化。他的創作思想是一個豐富的寶藏。在他作品面前，從藝者如果是個有心人的話，會認真地「吮吸」，而不是膚淺的感動。會戰栗，會心酸。

他和羅丹同一個時代，羅丹的光芒強大得使他減了色。羅丹的藝術手法「人緣」好，觀

眾較容易登入堂奧；布德爾的手法滲入了繪畫，而且有狂放（其實十分謹嚴）的斧劈之勢，堆砌、排列得有時跟建築幾乎不可分割。不只是理論，實踐上他明確地提出「建築性」。

太早了，提得太早了，理論孤僻得令人遺忘。

是逝世不久的鄭可先生給我啟的蒙，介紹了布德爾的學說。鄭可先生的雕塑完全走他的路子。他可能是他的學生。記得他告訴過我，布德爾問過他：

「你來法國做什麼？中國有那麼偉大的雕塑藝術你不學，這麼遠跑來這裏！」

鄭可先生在巴黎十五年，他誠懇而勤奮。跟年輕的馬思聰、冼星海、李金發是一個時期。他從家裏賣了豬、賣了房子才買得起船票來到巴黎的，回國以後的日子

布德爾雕塑《射者》

仍然樸素誠懇得像一個西藏人，連話都說不好，一說就激動。見到討厭的人他一句好聽的話都沒有。衣着飲食都很隨和將就，就是藝術的認真和狂熱幾乎像求愛一樣。

他比我早回北京一年。藝術方面他知道得太多，也都想成盆成桶地傾倒給年輕朋友。只可惜他是個純粹廣東人，滿口流利的廣東方言的普通話，語彙又少，幾乎令人聽十句懂半句，他的誠懇寓於激情之內，初認識的年輕人會以為他在罵人。唉！其實他的心地多麼慈祥寬懷……

他用了百分之九十九的時間為別人解決一切工藝疑難。不光講，而且動手做。

他懂建築學，給清華建築系談過「巴黎聖母院拱頂相互應力關係」；給北京榮寶齋設計過雕刻木刻板空白底子的機器；教人鑄銅翻砂；設計紀念碑；研究陶瓷化學。他還是一個高明的弗盧（銀笛）愛好者。甚至寫信給北京鐘錶廠，說他們的鐘

錶如此如彼之不妥。鐘錶廠派了幾個專家去找他，他把家裏收藏的所有大鐘小鐘一股腦兒都送給了來人，還賠了一頓豐盛的午餐，從此杳如黃鶴，鏡花水月……

就是沒有再做雕塑。

十五年在巴黎的學習，一身的絕技，化為泡影。

一九四八年在香港，因為我開個人畫展，他給我做了一個浮雕速寫，翻製成銅，至今掛在北京家中牆上。

八十多歲的年紀，住院之前一天，還搭巴士從西城到東郊去為學生上課。住院期間，半夜小解為

皇后花園（路易十六的老婆）。有布德爾雕刻的紀念碑。

了體恤值班護士，偷偷拔了氧氣管上了廁所，回來咽了氣……

前些年他入了黨。這使我非常感動。

一九五二年在香港擺脫最好的待遇全家回到北京。並連忙寫信鼓動我回去。在那時他是盛年。他的興奮和激情遠遠超過現實對他的信任。一九五七年他戴了右派帽子。我尊敬和友愛的朋友與前輩們——聶紺弩、黃苗子、吳祖光、小丁、江豐和他都受了苦，也令我大惑不解。我有膽公然申訴的只有鄭可先生，我了解他，也願為他承擔一點什麼。

我和他一樣都沒有「群」。沒有「群」的人客觀上是沒有價值的。他一心為祖國貢獻了一生，入黨是他最大的安慰。沒有什麼比這樣的安排更能彌補他的創傷的。

我匍匐在布德爾的作品腳下，遠處是無盡的綠草和陽光。

我太傷心。

鄭可先生！如果能跟你一道重遊巴黎多好……

法國寫生（之二）

「可以原諒，不能忘記」

巴黎聖母院裏裏外外都是人。名氣一流，建築也雄秀可觀。我接着前後畫了幾幅速寫。

正面拱門兩旁的聖者群雕刻十分精彩，一個個直立着卻富於精微的變化，神情含蓄而深刻。我特別喜歡那個把自己的腦袋托在手上的聖者，這種明目張膽的做法，一定有一個奇妙故事；我的喜愛簡單而粗俗，只覺得應了中國流行的一句話，一個人膽子大時人們就説：「你把腦袋掛在褲腰上！」或是「你把腦袋托在手掌心！」

聖者面容真美，有一個跟我的表外甥女長得一模一樣，我以前來巴黎時為此還拍過一張照，自然，消失在底片的海洋裏再也不會找得到了。

《巴黎聖母院》故事裏的那位「駝俠」，一代又一代，現在換了一位健壯的黑人。他是已經健壯之後才來敲鐘呢，還是每天拉着那些大鐘之後才健壯起來的呢？只有熟人才會知道。千千萬萬的旅遊者都明白他擔任了一個歷史的光榮任務。他也會打趣地弓起他滿是肌肉的腰身告訴你：「我是鐘樓怪人！！！呵！呵！呵！」

看起來，他和他的前人一樣，都很滿足；如果不發生什麼驚天動地的事的話。

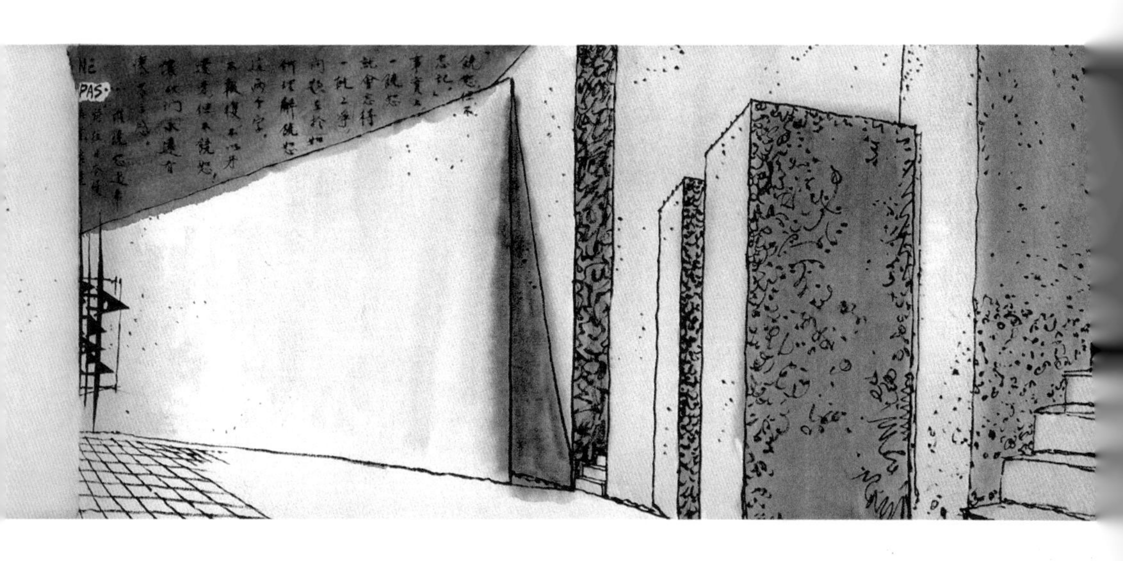

聖母院左邊不遠有塊草地，不留心的人會以為真的是一塊草地。

在一個不大的範圍內，是一個紀念館。紀念第二次世界大戰中被法西斯屠殺的幾十萬死者。

和世上所有紀念館不同，進入紀念館的方式是從踏入一條非常狹窄的露天甬道開始的。

花崗岩的甬道和石階下行只容得下一個人，即使明知頂上有藍天白雲的現實，參觀者已感受到囹圄的開端。

石階的盡頭是一塊類乎囚徒放風之處，堅硬無比的花崗岩在你四周。顯眼的角落石壁上釘懸

死難者紀念館速寫

着生鐵鑄造的現代雕塑，令人絕望的、比自由強大得多的防囚犯逃跑的尖刺。

走進一個兩邊幾十噸重的大石頭的窄門，來到四張雙人席子大小的圓廳。左右兩邊是囚房，直對門口相反方向仍是鐵柵鎖着的一條通道。幾十萬盞小電燈泡閃亮着，一個亮點代表一個死去的生命。幽暗、靜穆，任何人來到這裏，囚犯的心情油然而生。

小圓廳拱頂周圍刻滿了詩人的詩。阿拉貢代表性的句子刻在正門頂上：

「可以原諒，不能忘記！」

這兩句話，令身在「牢獄」之中的我，吞咽不下。

從窄門來到「放風處」，我一直在沉重地思考。

朋友問我，我說：

「原諒了，也就很快忘記了！……怎麼能原諒呢！殺人魔鬼面前非理性的殘酷手段，你原諒了它也不領情！原諒了，『不忘記』中，還能剩下什麼實質性的東西？

「是我，我就說：『絕不饒恕！絕不忘記！』」

……

容忍、寬懷、重建家園、醫治心靈創傷，所有的工作，都開始在懲罰了殺人犯之後……

從紀念館出來，我愁思百結。

歷史是嚴峻的，現實生活卻太過輕浮。

我想我這個人，可能是太「歷史」了。

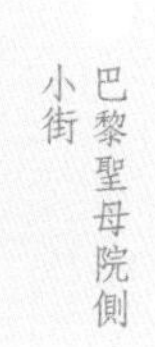

巴黎聖母院側小街

洛東達咖啡館的客人

洛東達咖啡館換了幾代主人了。洛東達咖啡館在巴黎有好幾家。據愛倫堡的回憶錄所說，當然是拉斯巴耶街和蒙芭娜街拐角的這一家。

我到巴黎，必上這兒坐坐。

咖啡說不上好，喝好咖啡要去意大利。

現在洛東達咖啡館食品卡封面就印了許多歷年客人的簽名，德加、莫奈之外，還有莫迪里阿尼、畢加索、布拉克……當然這是畢加索輩鼎鼎大名之後才補上的。

愛倫堡的《人．歲月．生活》寫下了他年輕時代跟里維拉（墨西哥）、莫迪里阿尼（意大利）、畢加索（西班牙）、布拉克（法國）……世紀初在一起鬼混的記錄。真是悽愴和動人。特別提到的是洛東達咖啡店。這是他們的「黨中央所在地」，每天在這裏集合，臧否時事，糞土人物，舒展心肺。很便宜的一杯茶可以坐上半天。年輕人的調皮耍賴，身體好，加上來歷不明，洛東達的老闆縱使脾氣不好，也要考慮退讓幾分。

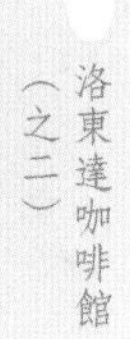

洛東達咖啡館（之二）

列寧

那時，第一次世界大戰都還沒有發生，十月革命自然提不到日程上。列寧和妻子克魯普斯卡婭住在巴黎。愛倫堡是個猶太孩子，才十八歲，自以為是個偉大的普希金式的詩人。他時常去列寧家，克魯普斯卡婭弄飯給他吃。其實他主要就是去混這頓飯。有時自然也幫列寧傳遞一點不太重要而自以為是神祕的文件給其他人。他遊徙於「革命」的邊沿，而列寧夫婦卻喜歡這個「懶懶散散」的年輕人。甚至讀他寫的詩。有一天，克魯普斯卡婭把愛倫堡叫到一邊，當作一個喜訊告訴他：「伊里奇（列寧）讀你的詩了，哈哈大笑，說『這個小蓬頭鬼寫得不錯咧！』」

列寧不喜歡新詩，雖然年輕的馬雅可夫斯基名氣很大，又是斯大林和高爾基認為「對革命有推動力的詩篇」的作者同志，列寧不承認那是詩，他嘲笑地朗誦：「……左邊走！左邊走！向右的是誰？」這些句子，眼淚都笑出來了。斯大林想

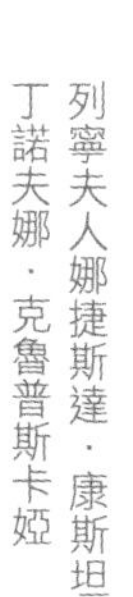
列寧夫人娜捷斯達・康斯坦丁諾夫娜・克魯普斯卡婭

説服他，他一邊擦眼淚，一邊搖頭說：「不！不！這不是詩。要他們去讀讀萊蒙托夫、普希金、涅克拉索夫吧！……」

愛倫堡一直是個快樂的革命同路人，直到他逝世。活了八十多歲。蘇聯需要這樣的黨外人士。他的政論是活潑而機敏的，沒有「黨八股」的腔調。連斯大林也喜歡看。既然這麼喜歡，為什麼不叫大家學愛倫堡呢？不！一個愛倫堡就夠了。愛倫堡和Ａ・托爾斯泰、帕斯捷爾納克、巴烏斯托夫斯基都是黨外人士，思想氣質和境界也都相似，但他的運氣好，列寧逝世以後，斯大林和他友善，高爾基也愛護他。

德軍攻打列寧格勒，戰事危急萬分，愛倫堡半夜三更收到一個電話，對方溫柔地告訴他：「我是斯大林。伊里亞！《巴黎的陷落》只有上半部，為什麼你不寫下去呢？我等着看呢！別理那些混蛋批評吧！讓我來對付那些批評吧！」

愛倫堡是個被戴着頸圈的自由主義者。抽煙喝酒他自承是個「法國派」。蘇聯的文化正統派，日丹諾夫領導下的文壇棍子法捷耶夫輕而易舉地整過《靜靜的頓河》的作者肖洛霍夫，卻對愛倫堡「恨莫能揍」。

愛倫堡這個人就是《雙城記》中的卡爾登，《戰爭與和平》中的比爾。信念和正義藏在心頭而混跡於五彩繽紛的塵寰。他世故而又孩子似的天真。任何形式的「教堂」都容不下他。

黃永玉作愛倫堡木刻像

讓人記掛的地方——洛東達咖啡館

里維拉

俄羅斯有強大的文化陣勢和根底，但很少有與西歐文化絕緣而有成就的文人。近代的托爾斯泰、屠格涅夫、契訶夫，甚至高爾基都在歐洲住過。俄羅斯大地給藝術家無比幻想空間；而歐洲文化給他們的幻想賦予了某些可能性和實質。

就是這樣的愛倫堡能曲扭而艱難地活了將近一個世紀，寫下了作為歷史的見證的那一段年輕的、動人的藝術生活記錄。

那時畢加索和布拉克從馬德里、里維拉從墨西哥、莫迪里阿尼從翡冷翠、愛倫堡從莫斯科……來到巴黎不久，他們在蒙馬特合租了一幢房子，大家合住在一起。

里維拉是誰呢？墨西哥現代繪畫的奠基、創始者之一。名氣大到說出來要把你嚇一跳，曾是共產國際領導下的墨西

里維拉作
《兩個女人》

畢加索

哥共產黨黨中央主席。托洛茨基逃亡到墨西哥，就住在他的家裏，後來，斯大林派人把托洛茨基用斧子劈了腦袋，這事也發生在里維拉的花房中。所以後來里維拉被人稱為「托派」。其實也天曉得，托不托派，當時誰知道有那麼可怕的怪名聲。只不過一種政治主張。唉……

里維拉年輕時就是個胖子，下眼瞼翻弔着，氣喘，張開眼也能睡覺，力氣大，驚人的是他大白天張着眼的夢遊症，摸到什麼打什麼。魔鬼下凡，毀滅一切。這時候大家就小心翼翼地從背後一下子擒住他，捆起來，按在床上。這毛病是説着話説着話就來勢的，防不勝防，比羊癇風嚇人得多，制服起來費力得多。愛倫堡説，里維拉正常時候是個溫和寬厚的人，後來回墨西哥去了，一生演出了不少上頭所説的故事。

畢加索和布拉克人們説得太多。值得一提的是畢加索第一次賣掉一幅畫的情景。錢不多，招來了大群哥兒們的狂歡。愛倫堡建議上洛東達，十幾個男女，包括害肺病的莫迪里阿尼和他美麗賢惠的妻子簡妮。

「發了財」的了不起的神氣使洛東達老闆矮了半截。這種氣氛的壓力之下他明白，不幸的事將要開始，今後這幫暴

畢加索作《亞威農的姑娘》

莫迪里阿尼

徒可能要用畫作來付款了……

莫迪里阿尼是利佛諾人，他沒有考上翡冷翠的美術學院，只做了個旁聽生。我女兒告訴我：「莫迪里阿尼連當我同學的資格都沒有，只好上巴黎去做世界一流大畫家！」

三十七歲的莫迪里阿尼害肺病死了。

勤奮、智慧而貧窮，自然容易夭折。那麼早的成器！如果跟畢加索一樣長壽，後人會多麼受益！

上午，哥兒們一齊把莫迪里阿尼送進墓地，下午，美慧的簡妮跳樓自殺……

我手邊沒有愛倫堡的《人．歲月．生活》，卻是帶着這些憂傷的故事坐在路邊為洛東達寫生。年輕體面的老闆來過幾次，看看我的畫畫好沒有？最後又走出來，客氣地問我賣不賣？當知道我要帶回東方去的時候，溫和地點了點頭……

這只是一個讓人記掛的地方。坐在靠街座位那一群叫囂的年輕人，如果他們是畫畫的，希望他們的創作和愛情，更多的和畢加索的好運接近一點。不那麼愁苦，不那麼憂傷，讓美麗的簡妮活着……

莫迪里阿尼畫的女人像

梵高的故鄉

「屋外走蛙式」。

多麼古怪的一個名字。實在找不出合適的中國字來頂替它的音譯。

這是一個小鎮，離巴黎兩三個鐘頭的汽車路程。因為梵高在那裏生活和逝世而得名。那些教堂、市政廳、故居，以及田野山丘還原封不動，引來許多包括我在內的好事之徒的訪問。

梵高與跟他相依為命的弟弟的墓葬都在山丘上的墳場內。兩兄弟墓碑並排，讓一些翠綠的蔓草連在一起。是梵高為其畫過肖像的醫生——嘉塞先生(Dr. Gachet)替兩兄弟辦的後事，是位真誠的有心人。

梵高的弟弟好像是為了照顧可憐的哥哥才來到這個世上似的；梵高一死，弟弟第二年也跟着離開人間。

梵高一生只賣過一幅畫，是弟弟安慰哥哥而設計的善心的圈套。

梵高在熱鬧的人間那麼孤寂，逝世百年之後，人們殘酷地拍賣他的畫作，畫價高如天文數字，足夠買得下當年一萬個活梵高。

「屋外走蛙式」鎮子不大，寥落散漫，也不好看。由市政廳小方場自轉一周，即能找到梵高畫過的好幾幅畫。連擺木床和椅子的房子在內。

他沒有什麼地方好去，巴黎太遠，他只好畫四周的風景，畫遍了每一個角落。現在，每一個角落都打着梵高的旗號在做生意——梵高畫店、梵高咖啡店、梵高飯館、梵高旅店、梵高百貨店、梵高畫廊、梵高汽車服務。

梵高短短的十年美術生涯，一個沒習

依偎着的梵高兄弟

過基本功的人，初出茅廬就打算靠畫畫吃飯，未免太自信了。他就是依靠這點自信活了下來。同時還接濟着一位帶着幾個孩子的寡婦。及至他逝世之後，這區區自信給我們居住的小小寰球來了一次很藝術的地震。人們瞠目結舌幾年也難得復原。

一個人出了名，到處都有人跟他認同鄉。梵高是荷蘭人，生前住在這裏是因為房錢便宜。那時，有誰會理會這個長滿紅鬍子的怪脾氣的荷蘭人呢？

肯定梵高的畫也算是一種畫，而且是好畫，既要有遠見，還要有特別的勇氣。

梵高作《奧威爾教堂》

梵高畫的嘉塞先生

巴黎——橋的遐思

世上所有的大橋小橋都是難忘的。

當人不高興、憂傷的時候，你問他，你喜歡橋嗎？你一生走過多少好看的橋？他情緒會舒展開來……

橋跟人的微妙的情緒末梢連在一起，個人的玄想，愛情的始末，甚至絕望，如果有一座橋就好了。橋時常跟人商量事情，幫你做一些決定……

「我看你就嫁給他吧！你看天氣這麼好！」

「走！遠遠地走！……」

當然也會發生不幸的結局——

「既然這樣，活着沒意思，勇敢點！從我這兒跳下去吧！」

每一個人都有自己心中的橋。橋不斷創造美麗的回憶。……

巴黎橋上沒有相同的燈。

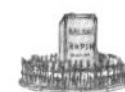

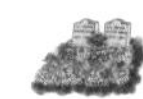

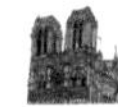

亞歷山大三世橋，為歡迎他來訪所建。後為著名之榮軍院。

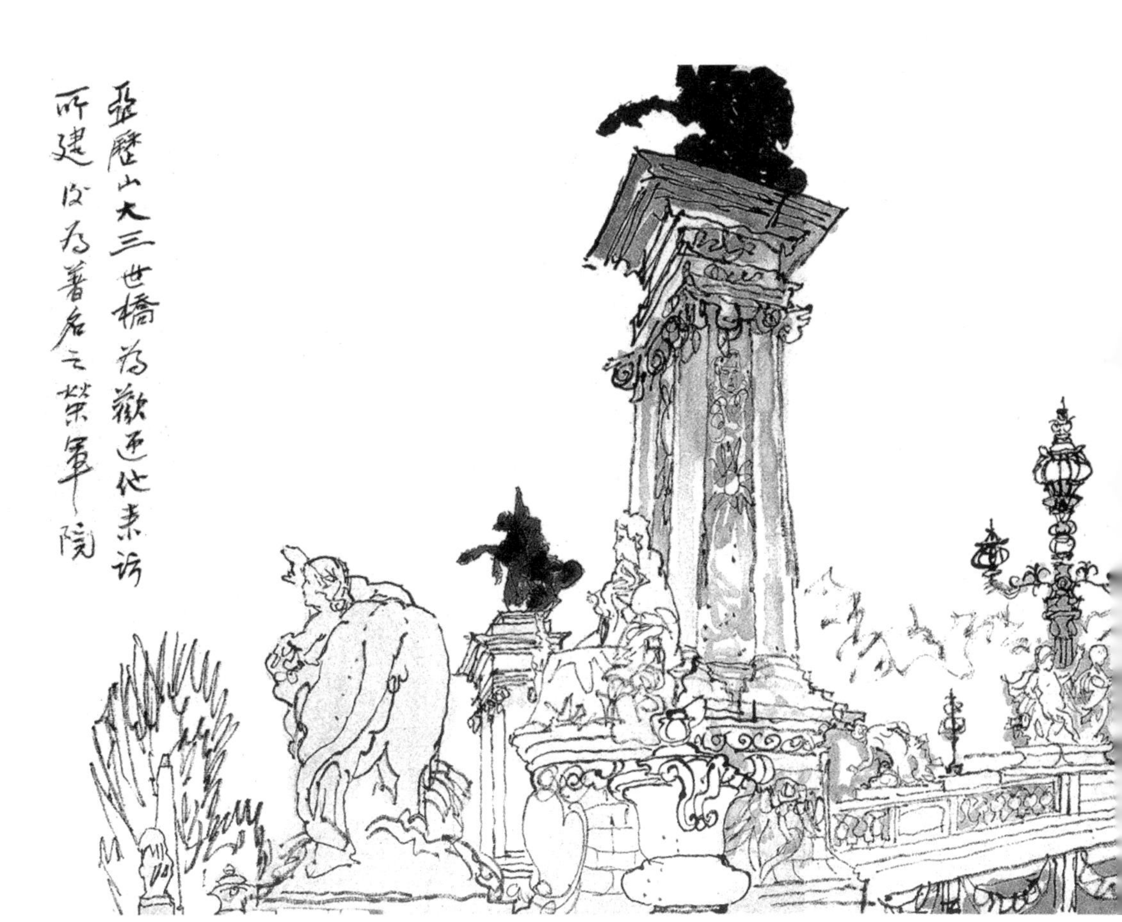
亞歷山大三世橋為歡迎他來訪
所建後為著名之榮軍院

橋是巴黎的髮簪。

俄國沙皇要來巴黎做客，法國皇帝便造了一座輝煌華麗的橋來歡迎他。造橋成為一種炫耀的方式。

有一幅宋人畫的題目起得實在好：《長橋臥波》。橋臥在波浪上面，人在橋上豈不很妙？橋的確令人油然而生臥波的心曠神怡之感。

人問孩子：鼻子幹什麼用？

回答是：產鼻屎的；

又問：腦袋有什麼用？

回答是：長頭髮的；

又問：腿有什麼用？

回答是：穿褲子用；

最後問：橋有什麼用？

回答是：過船用。

只有橋的回答具有超脫了實用主義的詩意。船從橋下穿過，曾給回憶中的孩提時代帶來多少歡欣！

朱雀橋、灞橋、午橋、天津橋……古人也是喜歡在橋上做些動作的。

「誰在天津橋上？杜鵑聲裏闌干。」橋的景致真是千變萬化。

盧浮宮外大橋（之二）

羅丹是一個人的名字，又標誌一個時代的開始。

他不像米開朗琪羅有空還寫寫詩。他從心底到身歷都很忙，沒時間去弄文字這類的事。所謂的「羅丹藝術論」，是學生記錄的筆記彙編。羅丹這個人妙語珠璣，思路淋漓，記下來就成文章。

羅丹

對於羅丹的創作，時時出現有趣的懷疑和爭論。那個站着伸腰的男子像，原是他戰壕中的難友。有一天在街頭遇上了，羅丹邀他來畫室做的這個雕塑作品，卻被人認為是用活人翻製出來的工藝。一些美麗而微帶朦朧的女大理石雕像，人們說是用泥漿淋在泥雕塑上再用大理石仿刻的。

人們對於陌生現象往往反映出自我見聞的十分局限。

幾十年前，我家鄉一些人對所有的科學和機械產品都採

羅丹作巴爾扎克像

用非常簡單的結論，要不是有「藥水」，就是有「發條」。

對待羅丹也是如此。他太權威，這是早就形成的，因此不需在名分和實力上跟人拚搏廝殺。不是忍讓，是不屑一顧。

他用十年時間做成了巴爾扎克像。這當然是劃時代的、無與倫比的大作。但人們不理解，不接受；連某些高明的鑒賞家也不接受。羅丹毫不驚慌憤怒。美國和別的國家乘虛而入的藝術掮客和收藏家要收購這件作品，羅丹也不理會，只退回了法國文學家協會的訂金。風度真好！可惡的文學家協會竟然登報聲明，不承認羅丹的巴爾扎克像是巴爾扎克像。

你們算什麼東西？你們不承認羅丹的作品，羅丹的作品就不存在了嗎？於是文學家協會進一步邀請了蹩腳的雕塑家華爾切來重新雕塑巴爾扎克，華爾切偷竊羅丹將巴爾扎克穿晨衣的構思，做出一件被人遺忘的作品。

也真怪，世上不少人創作的目的是為了被人遺忘！

羅丹的巴爾扎克像點燃了人們的聰明，從公園的角落裏被抬了出來，重新安置在一個光耀的位置上。

羅丹一定見過中國古人做過的達摩像。巴爾扎克披着晨衣的姿勢和神氣太像達摩。他賦予那點精神，比巴爾扎克還要巴爾扎克之極！

應該細細揣摩羅丹對付泥巴的技巧。捏一團泥巴往嘴上一按就是鬍子，就是眉毛，挖一個深洞形成了額角和深邃的眼睛，多奇妙！多傑出！這個小小技巧的展示，為雕塑世界開闢

了多大的領域！

波特萊爾告訴羅丹關於塑造巴爾扎克形象時説過：「你在創造一個元素的形象！」

當然如此，在藝術上，羅丹本來就是一個專門發現藝術元素的人。

在洛東達咖啡館附近的巴爾扎克像

翡冷翠情懷

翡冷翠呀！

翡冷翠，我這輩子怕離不開你了。

翡冷翠全景

意大利的日子

來翡冷翠快半年了。

租了一套幽靜的房子在女兒的鄰近。這地方名叫「萊頗里」。松林和花樹夾着兩排面對面的三層住宅，形成和外界隔絕的單獨區域。

左邊一道長滿綠菖蒲和開滿金黃小花的婀娜河的支流——古老的木約奈河，據説這條小河是翡冷翠文化的發源地。

走十幾步來到河邊，許多野鳥、鶺、水鴨在這裏做窩，間或還能看到母鴨帶着一隊鴨仔從跟前走過。

老頭老太太們對野鳥們是心中有數的，早晚帶着餅食來餵養牠們，給每一隻鳥起名字。一叫，牠們便會攏來。

房東是一位九十多歲的老太太，粗壯矮小，聲音洪暢。每到月初她便從幾十里外的自己住所開車回到萊頗里，進門就説：「我不是來收租的！我不是來收租的！只想來看看你們！」然後把房租錢取走。

她開的是一架老菲亞特，快而狠。警察已對她說過幾次，她「不該再開車了」！她攤開雙手對我們說：「你看！他們不讓我開車！為什麼？為什麼？哈哈哈……」

女兒的房東則是個八十多歲的老頭子，翡冷翠報館的退休工人。他有個當工程師的哥哥也住在這裏，都是矮矮的個子。做弟弟的很為當工程師的哥哥自豪，口口聲聲我哥哥長、我哥哥短。我的房東是這位哥哥當年的女朋友，這套房子是得到哥哥的幫忙才順利租得到。他們倆一見面老是手揑着手不放，悄聲說着沒完沒了的話。哥哥的太太住在三樓，偷偷觀察這個現象。哥哥的太太脾氣怪，不跟人說話，不喜歡貓。遇見女兒的貓她就頓腳，嚇得貓不敢回家。事情到此為止，也沒有壞到哪裏去；一年頓這麼一兩次腳也算不得太大的惡感。

小河對面就是菲埃索里山了。山上有許多古老華貴房子，年代可追溯到文藝復興時期之前的古羅馬時代。進入萊頗里對山迎面的那座大建築，《十日談》的作者薄伽丘就在那裏住過。

聽過一種說法：世界上最好的住家在意大利，意大利最好的住家在翡冷翠，翡冷翠最好的住家在菲埃索里山。山就是薄伽丘住過的房子這一帶。

每天早上，人們見面總是互相問安，平時碰頭了，認不認識，都道一聲好。突然出現的大小困難，都奔跑過來幫忙解急。

市中心區太多的吉卜賽人流竄。偷扒東西，造成遊人旅客的惶恐。吉卜賽人有一套戰略，通常都派婦女兒童出陣。用一張折疊的報紙，上頭寫着告求的字樣，堵在你的胸前，彷彿讓你去讀一讀這些堪憐的內容，其實另一隻手卻在掏你的錢袋。發現了，他不過只是個兒童或婦女，罵，聽不懂，打卻不行。他們逃跑得不遠，三五十米遠就又散起步來，抓不勝抓，也沒有發落的地方。一般地說，吉卜賽人不偷本地人，但本地老人們有時也逃不脱這遭厄運。

他們從電影裏看到「中國功夫」，遇見中國人不免有些遲疑，要多花一些時間構思行動方針。中國人則互相轉告這個訊息，遇見吉卜賽人攏身，不妨裝一下「中國功夫」架勢，百分之九十能解脱困境，如果

再配上一點表情，收效幾乎是百分之百可靠。

對吉卜賽小偷，他們經常幫忙追捕，抓着了，取回贓物即算完事，各走各路，不打不罵，只稍稍責備幾句。吉卜賽人這幾年來多了，因為意大利人心地好，尊敬上帝，他們鑽這個空子。

菲埃索里遠眺。近處是難以想像的婀娜河上游——木約奈河。

街上有許多年輕人，也喜歡美國那些怪裏怪氣的服飾，也騎着摩托車轟然一聲從你跟前開過，但待人接物卻是出奇的溫和講理，尤其是尊敬老人。稍不留意，老人就會責備，而年輕人則俯首帖耳，不敢作違拗的反應。

生活被一個古老的優秀文化制約着，應該活躍，越軌不行！

聖弗蘭西斯教堂前街景

每天的日子

單調之極，但不討厭。

早晨很快到晚上，躺下一覺又到第二天。晃眼半年就過去了。

語言不通，路不熟，沒有中國書報看，沒有喜歡的音樂聽，少中國人來往，不會喝酒，名勝古跡、博物館去一兩次就夠了，衣服、皮鞋該買的都買了⋯⋯

這樣的日子能受得了嗎？能的。

也算是一種涵養。當年的勞改農場、牛棚這類煉丹爐畢業出來的人，還有什麼日子過不下去的？單調算什麼？

在翡冷翠，我算是度過了半個夏天、一個秋天和半個冬天。每天畫十小時以上的畫，鬼迷心竅，有時連煙斗都忘了點，還覺得時間太少。

在香港我跟朋友研究，去意大利打算完成三十幅油畫，做三件翻鑄成銅的雕塑帶回來；告訴妻子，在意大利要住半年。他們都半信半疑。

時光倏忽，打點歸途行裝的時候到了，發現將要帶回家的是四十幅油畫，八件雕塑和一

些零星的畫作，禁不住要學着人猿泰山站在樹上的姿勢，來一個仰天長嘯！

人忙起來，往往就顧不上單調。常聽人說不知道如何打發日子，只是因為他太有空的緣故。

做文化藝術工作的人，骨子裏頭太多估計自己的神聖意義。把歷史的評價和自信混淆一起。你也做事，別人也做事，大家都在做事；才把世界弄得有聲有色。文化藝術本身就是個快樂的工作，已經得到快樂了，還可以換錢，又全是自己的時間，意志極少限度地受到制約。尤其是畫畫的，臨老越受到珍惜，贏得許多朋友的好意，比起別的任何行當，便宜都在自己這一邊，應該知足了。

偉大，聰明，全面，精確，誰比得上列奧納多·達·芬奇。他不吹，不打着建立學派、替天行道的旗幟。他也是人，但你不能不匍匐在他的腳下。

如果說，我在翡冷翠的日子有點收獲的話，那就是「知足、知不足」的啟示；並且快快活活地工作下去。

我喜歡朋友稱讚我，聽了舒服；但也真誠地不怕捱罵。原因就在於我的心手都忙，顧不上瑣碎的惡意……

萊頗里出去的汽車來往的小街有一家咖啡館，老闆是同街坊的中年人。有時我一個人散步到他那裏喝一杯咖啡。小小的杯子，才一小半的容量，大約五茶匙吧！煉乳似的濃度，一飲而盡，顏面肌馬上收縮着形成根本不想笑的笑容。濃咖啡發作得快，一千里拉（港幣六元多）發作一次，本地人一天這麼兩三次，站在櫃臺前東聊西扯。我知道，我一走出鋪子他們就會聊我。只有放肆的猜測，絕不造成傷害。

這老頭兒是日本人——不，中國人——溫州的？不！香港的——旅遊？——不！畫家。來女婿家住——永遠？——不！短時期——找不找工作做——五十歲吧？——六十——七十——八十——女兒十五——二十——三十——？？？——他畫得怎麼樣？——沒見過——嚇！這中國人……

有一晚，門外一隻托斯卡納的瑪里瑪摩白毛大牧羊犬在張皇地徘徊，風冷，我們連忙拿一些食物和水給牠，幾下全吃光了，再給，又吃光了。一位嚴肅高大的留鬍子的老頭也端來意大利粉，也給吃光了。牠很淒涼，輕輕地哽咽。

屋子暖和，哄牠進了屋，巡視全屋之後牠在客廳躺下了。這一晚我睡在客廳的沙發上，感慨和不安弄得終宵不眠。牠的藍眼睛時不時地看着我，我輕輕地跟牠說話，這時，門鈴響了，老人走進來說：

「明天請你們打電話通知動物協會。看看有沒有丟失遺棄牠的主人。如果你們想留下牠，也要先到動物協會去登記，找不到主人才有權收養。明天我還會帶東西來給牠吃……」

我沒有膽子在眼前這種情況下收留這隻巨狗，只是為牠的主人的疏忽大意或是狠心讓牠過流浪生活而難過不安。

女兒和我的愛好相同，我們心中都在暗暗盤算，明天我們會到動物協會去的，暫時，我

萊頗里遠看菲埃索里山

們可以餵養直到找到牠的主人，萬一……呢，勉強收養牠也還下得了決心……但那是非常非常大的負擔……

第二天一早，狗就走了。從草地上遠遠地走去，直到最後一顆小小白點的消逝。

想必牠找到主人了。

這種生活的火花是難得的。半年來才這麼一次，震動了我們情感的心弦。

我每天都忙於畫畫，很少上街，要不是添置顏料的話……

幄里阿諾中心

也談意大利人

讀一讀路易吉·巴爾齊尼的《意大利人》這本書，可算是摸到一點點意大利和意大利人的脾性；甚至找到了作為異國人的自己在意大利所處的恰當的位置。我建議到意大利小遊和長住的朋友們，不妨買一本《意大利人》帶在身邊，厚不滿寸，思想和文采一流；既增長見識又啟發聰明，令人產生一種前所未見的貼身的信任和快樂。

這位活了七十六歲的意大利人意大利風格地介紹意大利，幾乎信口開河，隨手拈來，佔了自己是意大利人的方便。他的老前輩馬可·波羅寫起中國遊記，就遠不如自己中國人的孟元老寫的《東京夢華錄》汴梁景象；楊炫之撰的《洛陽伽藍記》洛陽風物那麼充實感人。

這都是沒有辦法的事。歷來彼此間所創造出來的「遺憾的美麗」，確實也給世界上文化放出過異彩。普契尼《圖蘭朵》的中國；《蝴蝶夫人》的日本豈不都是「天曉得」和「哪裏說起」的事？藝術似乎也在擔當一種教育人們寬宏大量的任務，從而能欣賞歷史正確和謬誤之間觸發出的幽默的美感。

查良鏞四十年前送過我一部他翻譯的美國記者寫的書《中國震撼世界》。其中說到他有

威尼斯聖史提
芳諾廣場

威尼斯聖史提芳諾廣場
八六年七月十日

一次黑夜裏被帶到一個解放了的小村子裏，被一群驚奇而熱烈的農民團團圍住，但不知道該弄些什麼東西讓這個滿手長毛的美國客人吃飽肚子。一位據說在城裏見過外國人的內行走出來，手指頂着這位記者的腦門對大家說：「他最愛吃甜東西！」

於是滿滿一盆煮熟的，剝了殼的雞蛋和一碗白糖擺在客人面前。

「吃！」大家熱烈地叫將起來。

陌生，好奇，充滿善良的祝福意願。

一個波蘭朋友在拿波里大學教書，他給我講過一次在海邊散步的遭遇。

「兩個青年騎着一輛九百 CC 的摩托車迎面衝來，停車之後對我說：『手錶！錢包！你這個美國婊子養的！』

「那時海岸靜悄悄，四顧無人，眼看逃是逃不掉了。脫下手錶，取出錢包交給他們倆，只好苦笑着搖搖頭，自己輕輕地說：『我不是美國婊子養的，我是波蘭人……』

「『呀？你是波蘭人？你真是波蘭人？』然後兩人又互相看了看說，『……他說他是波蘭人……』

「『對不起，我們一點也看不出你是波蘭人，沒有說的，很抱歉……』錢包和手錶交還給我，接着是跨上摩托車揚長而去，直到遠處剩下一個小小的黑點。

「黃昏的海邊散步畢竟給打攪了，忽然發現遠處那個消失的小黑點越來越近。兩個青年又回來了。

羅馬許願泉

許願泉

「他們真的來到我跟前，沒等我重新脫下手錶，其中的一個說：『真是抱歉，我們完全看不出你是波蘭人……嗯！我們可不可以請你一起去喝杯咖啡？……』

「意思當然是誠懇的，何況我在驚悸之後，早已喪失拒絕的主動性，便跟着他們來到一家咖啡館。

「喝咖啡，談到波蘭的苦難和我七十年逃亡的經過，令兩個青年很感動……」

下面說的是另一個故事。

前幾年我在巴黎遇上了一個老學生，後來我回意大利後他又到意大利來看我，一起在羅馬、米蘭、翡冷翠、威尼斯玩了好幾天。他給我講起在翡冷翠的一段趣事。這位學生從來嚮往意大利卻沒來過，滿腦子崇敬思潮。他一個博物館一個博物館地朝拜，最後來到「老宮」旁邊的「烏菲奇」博物館門前。

「太神聖了！」他說，於是他把所有的可憐的川資買下了大大小小的紀念品和明信片。四個鐘頭的博物館路程，觀賞盡世界珍品，他冷靜了下來。坐在走廊的長椅上，後悔買了無用的紀念品。出門之後，他走向賣紀念品的意大利胖子，打着手勢夾雜着生硬的英語、法語，希望能退這些紀念品而能把原來的錢取回來。意大利胖子懂得了他的意思，慷慨而狡猾地退回他五分之一的錢。

一番言語不通的爭吵招來一大圈圍觀者，意大利胖子登時編造出鄙薄我這位學生的理由，引來大家十分動容的同情，這是很容易看得出來的。

比薩斜塔

我的學生有口難開，慌亂加上氣憤，只好走為上策，臨別贈言是七八句純粹的北京土話，內容不外乎他本人要跟那位六十來歲的意大利胖子的老母親建立友誼之類的願望的通知。最後還加上一句英語：「祝你永遠如此這般生意興隆，上帝保佑你！」

滿臉通紅地揚長而去。財物兩失，十分悲涼。

走了不到五十米，那個意大利胖子追上來了，我的學生連忙脫下背包，準備打架。但那個胖子氣喘如牛地走近跟前，雙手退回他百分之百的錢，溫柔地和他說話，緊緊地握手和擁抱，微笑，然後走回到攤子那邊去了……

我的學生向我解釋這突然變化的原因說：「可能我當時提到了上帝……」

雖然故事十分具體而真實，我卻是站在很抽象的角度來欣賞這一類的故事和意大利人。

在意大利，你可以用一分鐘，一點鐘，一天，一年或一輩子去交上意大利朋友，只要你本身的誠摯，那友誼都是牢靠而長遠的。

威尼斯水巷
一九八六年七月十二日

菲埃索里山

出萊頗里，左手進城，右手一公里左右的平路之後上菲埃索里山。聽聽法朗士如何稱讚這座鑲嵌着無數古老高雅建築，為濃蔭掩映的名山吧！

「……親愛的，這是一幅多麼奇妙的圖畫啊！（從菲埃索里看翡冷翠）世上再沒有如此精致優美的景色了。創造翡冷翠周圍諸山的上帝是一位藝術大師……」

我有幸住在熱鬧的城市和寧靜的山巒之間，上哪裏都可以，半年多來我很少進城。說老實的，出名的《大衞》、大教堂、老宮、喬托的《猶大的親吻》、馬薩喬的《失樂園》……看一次、兩次、三次還不夠嗎？其實我年輕時期早就成為它們的背誦和自我陶醉者了，眼前不過求得一個面對面的實證而已。（對了，求得面對面的實證的快感，可能是人生歷程中的重要激素。）

我幾乎把全部時間放在勞作裏。意大利熟人免不了笑話我：

「你來意大利幹什麼呢？最出名的三樣東西你都沒有興趣……」

我知道他們說的是風景、酒和漂亮的女孩子。

從巴第亞橋上山

我有一隻很出色的帶畫架的畫箱，是在一間歷史悠久的畫具店買的；一具滿意的三腳架，是在巴黎買的；一個漂亮的手工牛皮背袋，容得下我想象中室外繪畫作業所需的一切雜物——衛生紙、飲水、板煙、煙斗袋、火柴、小刀、煙頭盒、照相機、膠紙、錢包、筆記本、調色盆、水罐、眼鏡盒⋯⋯

毛主席說：「實踐出真知！」

最讓我頭痛的是油畫框和畫布。

在計劃中，我在意大利要畫三十幅塑膠彩畫（這和油畫的工作方法是一樣的，取其快乾的長處而已）。大小一樣，都是一米見方的尺寸。

女婿和女兒有一部菲亞特和一部二十七年前的古董「青奎欠托」車，都幫不了我的忙。於是，每天早上我幾乎是全身披掛地帶着這些行頭去流浪四方。畫框拆散捆成一捆，畫布捲成一個筒，到地之後架起來，再用膠紙把畫布粘在畫框上。畫完如法地拆下來捲起。

這一批隨手攜帶的行頭，少說也有二十公斤。重雖重，比起當年勞改農場自背行李的奴役架勢，卻是輕巧多了。我神聖而虔誠地追憶有解放軍監督的三年奴役給我打下的基本功，使我在六十七歲的芳齡期間，在我們心中最紅、最紅的紅太陽偉大光芒照耀下，或是零度的寒風之中還能從容自若地表現那人類和親切的朋友們一律稱之為美好的那點東西。

唉！人時常為自己的某種自以為快樂的東西而歷盡煎熬。背負着這些東西的時候，我想起了唐三藏。

退休的快樂
王子號

出萊頗里右拐向菲埃索里山走去的這一條路，開始還有幾間古老的住家和咖啡館，再過去，就是開闊的園林了。一個終點站停車場，一些野花叢生的淺坡……有這麼一段休止符式的間歇，就來到另外一種山居景象的菲埃索里山腳下。遠遠傳來瀑布輕微的聲音。講究而安適的菲埃索里風格的生活從這裏開始。

這一帶，我畫了四張畫：

《退休的快樂王子號》；

《菲埃索里山上的聖方濟各修院》；

《薄伽丘路》；

《從巴第亞橋上山》。

《退休的快樂王子號》是一部古老的退休了的公共汽車。每次經過它面前時的確也使我產生快樂。它老了，卻穿戴得那麼體面。主人挑選了那麼有趣的所在來安置它，使這一地區跟它同齡而受惠的居民每天都有機會向它問好。

《從巴第亞橋上山》這幅畫，一共畫了三天。我挑選的適當的角度恰好在一個交通繁忙、狹窄之極的十字路口；沒有比這個地方更好的了。我確信意大利人的交通的守法素質，過往的汽車雖僅離我兩英寸，卻是有禮地輕輕掠過，使得我寫生的心情十分散淡而閒適；他們既不呵斥也不驚訝。

到第三天，一位騎自行車路過的俊秀年輕男子問我，可不可以為我拍幾張照。我做了一

「藝術家的勇氣」

e

do giu-
concio

sciatto,
adente,
la col-
tracce
Attual-
ad es-

vie del
no vie
Santa
di una
rco di
perfino
olti di
arattoli
rliamo
Porcel-
innal-
i rifiuti
mpani-
tti tra-
oranti:
giovani
zavano
avan-
e.
Ponte
sone a
esti di
sagrati
azze.
dro di
no gli

Gem. F.

Il coraggio dell'artista

Beh, ci vuole proprio il coraggio dettato dall'ispirazione per poter stare ore e ore quasi nel bel mezzo del pericoloso incrocio fra via Faentina e via della Badia dei Roccettini. Ma questo pittore, con la pazienza degli orientali, non si lascia certo intimorire dalle auto che gli sfrecciano accanto incuranti e, giorno dopo giorno la suggestiva veduta della Badia fiesolana prende corpo sulla tela. (Foto Press Photo)

Em

Carab
115; P
ra tel
577.77
so Ac
355.23
glianz
tel.401
Corpo
Guard

Am

Centr
ti sani
Radio
212.22
215.55
311.77
711.11
356.53
Galluz
zio Ce
medic
20.
Unità
tuito
ze) tel
Camp
dei M
viale I
Ponte
417.76
Rifred
Ambu
bordo
Settig
Emer
697.98
Comp
830.22
Galluz
Scand
tel. 25
Sesto
44.55.
Camp
890.03
bordo
Assist
Fiesol
zio C
con m
alle 20
Caldi
540.15
Le Si
trezza
20.
Lastr
874.12
Signa
Impru
Badia
Medic
Bagn
lanza
Miser
Ponta
dico a
Ponta

個歡迎的手勢。拍完之後說了聲「謝謝！」走了。

三四天之後，女兒的房東路易奇先生捏着一張報紙踉蹌而興奮地打開給我看說：「……這裏，這裏，你看，這是你！你看！這是你！……快打電話告訴他們你是誰，告訴他們，你住在我這兒。……我是這個報紙的退休工人……哈哈！快告訴他們，打電話……」

幾天之後，路易奇先生問我女兒：「你爸爸向他們打電話了嗎？」

報紙上是這樣說的：

「藝術家的勇氣……

「嗯，持續幾個鐘頭地坐於巴第亞橋和法安提那街交界的交通繁忙的路口是需要勇氣的。這位畫家帶着東方人特有的耐心，全然不顧擦身而過的車輛。日復一日地，從巴第亞橋望上去的菲埃索里山的景致，便顯現在畫面上了。」

嚇！過獎了！

高高的聖方濟各修院

菲埃索里山上最高處的那一批建築群就是聖方濟各修院。車子到了跟前，還有一段要死要活的斜坡好爬，真是累得像個爺爺似的。

修院這個概念，用自己過去的知識充填它的話是頗不成氣候的。到了意大利，有一次跟家人開車到翡冷翠三十里外的一座修院去買酒的當口，才真正領教了修院架勢。靜悄悄的修院，鴉雀無聲，居然蹲着兩千多洋和尚在耗度光陰；尤有甚者，導遊的「知客僧」告訴我，另一個地區（我忘了地名）的一座修院，有一萬多名修士。

每一個修士各據一套房子，有卧室，讀經室，起坐間，用膳處，祈禱室；側門過去下石階有一口帶滑輪的井，七乘八英尺左右鵝卵石鋪成的天井；牆上有一個遞傳物件的洞，送柴、米、油、鹽的「小沙彌」從那裏把物件送進來，再由裏頭的修士安放在規定的地方。（特闢了一間「樣板」給人參觀。）

每年年終，全院修士在大膳堂有一次不相視、不說話的聚餐；四年在大院子裏有一次全體修士的走圓圈式的散步，仍然是不交談、不目接。同時還有一次在附近的小鎮的散步；也是不交談，不打招呼。四年之後畢業，就再也不與世界接觸，一直到老……

若非親眼看見，是很難以相信世界上真有如此清淨界、無掛礙地方的。（在勞改農場也有個限期啊！慶幸之至！）

那裏有好酒，從十度到九十度。我都買了點。我用買酒的這個實際行動來開闊和啟發自己狹隘的眼界。這種令人狂歡的液體是由六根俱淨的洋和尚煉出來的。我有充分的發言權，我滴酒不沾！我認為這因果十分嚴峻！

說到聖方濟各修院吸引我的地方是一個人，一個年老的神父。

他是個七十多快八十的老胖子，說得一口地道的湖北話。他在湖北一個名叫「老虎口」的地方的教堂裏待了十八年（恰好是平貴回窯的年數），後來給趕回來了。這十八年間，他帶回來五個展覽室的中國民間工藝美術珍品，從水陸道場畫到煙袋鍋、水煙筒、繡荷包、衣物、鞋襪、洗臉架、梳妝臺、長短套鞋、蓑衣斗篷、挎包褡褳、鐵鐽火鉗、竹子釣竿、魚簍、中國丸散丹膏……一個世紀以前的所有的生活用具，應有盡有。令我吐出的舌頭伸不回來。這些東西的特點是不值錢，但非常重要。其重要性在於為今人唾棄毀滅得絲毫無存，而這五個房間卻成為中國底層社會學的「諾亞方舟」。

這位胖子老神父既健康且精神十足，聲音洪亮；可惜他記性不好。我女兒已認為是他的多年老友，見面之下他始終當她是觀光旅遊的生客，不厭其煩地重複他的介紹。

在第二次見面時，他令我感動了。

菲埃索里山上的聖方濟各修院

「我五一年被趕出中國。一九八九年湖北老虎口的人歡迎我回去旅行。……我老得不能再回去了！……」

他滿面通紅，拳頭一下一下捶着空氣。中國待過十八年的人，把「回去」這兩個字用得十分自然。

有一天天氣好，我在山半腰擺開畫架，面對着菲埃索里山峰和聖方濟各修院開始畫我的寫生。

我祝福那個老神父長壽健康，希望有一天能榮幸地邀請他同遊他待過十八年的老虎口，完成我們大家的「回去」的夙願。

千山萬水，那麼遙遠、如此岑寂的高山上，世上多少人知道有個為多情而腸斷的老神父呢？

我想到錢起送日本和尚的那首詩了：

上國隨緣住，來途若夢行；
浮天滄海遠，去世法舟輕。

鹹濕古和薄伽丘

喬萬尼·薄伽丘生在一三一三年，死於一三七五年，活了六十二歲。是個私生子。爸爸做生意，算是個有錢人。媽媽是法國人，只是以後沒有蹤影。因為這個緣故傳說薄伽丘生在巴黎。實際上這沒有關係，生在哪裏不一樣？全巴黎人都生在巴黎，卻不一定寫得出《十日談》。

是父親一手把他養大的。原要他經商做接班人，不幹；那麼好！去研究古希臘和古羅馬文化吧！他也不幹，獨門獨戶地去學習作詩的學問和古典文學名著，下決心在通俗語言和拉丁語言上用功，搞出些名堂來。他和詩人彼德拉克認識後，共同在但丁詩文上的研究成果，為意大利的「但丁學」做出重要貢獻。

他寫過小說和詩，也都不錯，但世界文學上不錯的東西漫山遍野。要不是《十日談》，薄伽丘就只能混在偉大的「漫山遍野」裏過日子了。

我住的萊頗里對面山上的一座宏大的中世紀住宅，相傳是薄伽丘寫《十日談》的地方。那也對，拉法埃萊·馬拉斯所作《意大利文學史》有關《十日談》一則其中就有這麼一段：

……全城籠罩在一片陰森可怕的氣氛之中。在這場滅頂之災中，三個受過良好教育、機智勇敢的青年男子和七個妙齡女郎在聖瑪利亞福音教堂邂逅相遇。為了躲避這場可怕的瘟疫，他們一起來到城外的一所別墅裏蟄居，藉此驅散心中的憂傷……那裏草木蔥蘢，生機盎然，一派世外桃源的安樂景象……

翡冷翠最「草木蔥蘢、生機盎然」的地點，當然就是菲埃索里山一帶。沒有別的處所當得起這個名分了。何況他住過的房子的那條林蔭小路就叫做「薄伽丘路」。

人這種東西的確是詭譎到家。男盜女娼的領導人和皇帝裝出一副道貌岸然、神聖不可侵犯的模樣，我十一二歲時有幸見到幾個領導人檢閱的影片時，心裏一直就想剝光他的衣服，看看他到底與老百姓有多大區別。那時的閃念只是為了有趣，還不到今天老謀深算學究式的歷史眼光的刻薄程度。說老實話，我至今這種動機不衰。

縱觀世界鹹濕之書，權威評論家數百年來都喜歡在瀏覽之餘，給它一種歷史學、社會學的非常崇高的意義。勞倫斯的如此，蘭陵笑笑生的如此，薄伽丘的也如此。

一個人吃好東西，忘我大嚼，聽不見別人在旁邊告訴我那東西裏含多少維他命、荷爾蒙。

我看鹹濕書，總是先翻重點部分；之後聽人說到「意義」的時候，也還是相信的，會說：「嗯！是的，是的！」只是心口不一，到時候還是把「意義」放在第二或第三梯隊對待。我

但丁之家

這是說我自己，不說別人。對所有別人的道德高尚水平我從來具有信心。

方平兄的《十日談》譯本，每則故事都有個「題頭畫」，是木刻的，據說還是第一版時的木刻。翻的時間久了就得出一個經驗，十個精彩鹹濕古的「題頭畫」用的卻是同一幅作品，因此，一旦掛念哪一個鹹濕古時只翻看「題頭畫」就行，容易多了。

人們動不動愛說：「人生像一場戲」，這種不通容易看出，因為「戲」本來就是人演的。如果說：「人生如戲臺」，那就有意思得多了。

人，在「前臺」演戲，對付生熟朋友，利益所在，好惡交錯，搶掠搏殺，用的都是學來的演技功夫；真的自我是在「後臺」。

一人獨處，排除了忌諱，原形畢露，這種快樂六朝人最是懂得：「我與我周旋久，寧作我」，就是其中思想精髓。

晚上，一盆熱水洗腳之後——高背沙發一靠，三大塊烤魷魚乾放在就手地方，安溪上好鐵觀音一壺，茶杯加大——淡黃燈泡照明——一手揉腳，一手抓書，書即鹹濕之書。此景此情，是一種快意後臺小境界也。

「後臺」生活是人生的命根子，性靈的全部，最真實的自我世界。它隱祕，神聖不可侵犯，卻往往被人——甚至自己所歪曲誣衊。

人自身羞恥於「後臺」的權利的悲劇，在於他不明確造物者所規定的嚴格界限——非道德界限而只是一種遊戲規章的鐵券。

薄伽丘住過的房子的前街道

人無鹹濕之事焉得傳宗接代？但經驗交流卻嚴禁於父母子女。此中自然規律演變成社會歷史習俗，怕是來源於「近親交配引致退化」的後果恐懼心理吧！

用不着替鹹濕書喬裝打扮，有沒有歷史、社會、文學意義都無關涉，鹹濕書就是鹹濕書。它是人類重要智慧結晶。反它也好，壓它也好，它永遠會和伽利略、哥白尼一樣崇高不朽。

「文化大革命」期間，毛澤東竟然放了《十日談》中文譯者方平兄一馬，令他得保太平，怕也是早悟出了這點玄機！

宋朝人李退之種芫荽（香菜），聽人說撒種時罵粗口，芫荽會長得茂盛。因為芫荽鍾愛鹹濕也。所以他一邊撒種、一邊嘴裏唸叨「夫婦之道，人倫之本」不停。碰巧有朋友來找他，便連忙讓兒子來接着唸做，兒子於是一邊做一邊說：「家父剛才向您說過的那件事……」

至今事隔幾百年，宋朝人做事掌握到這種分寸，擺正了父子之間的關係，已經很不容易了。

意大利人怕鬼，不聽鬼故事，不吃發菜、海參、香菇……因為都是黑色的。薄伽丘寫了《十日談》之後，翡冷翠切多沙修院的修士警告他，寫了如此不文之書，死了會下地獄！薄伽丘聽了這話，居然嚇得從此不敢動筆。照薄伽丘的心態看來，地獄原本是個玩笑而調皮的美妙譬喻，《十日談》中有一則歌頌地獄的快樂故事一下子都被拋去腦後了……

薄伽丘害怕的是來世的地獄，到底還有一段日子好捱；就這點說來，中國現代的薄伽丘就有福多了，一聲「帶走！」地獄就在眼前。時空而論，較之五百年前的意大利，不知方便多少！

鹹濕古的題頭畫特別規矩正經

紀念館和薄伽丘

翡冷翠呀！翡冷翠，我這輩子怕離不開你了。

一個地方或一個人，若果仗文化和學問欺人，還是跟他離遠點好。——文化和學問怎會令人流於淺薄？

翡冷翠是個既有文化而又遍地同情和幽默的地方。愛它，包括它的瑕疵。

意大利，尤其是翡冷翠，每當你接觸到神或歷史人物的時候，覺得親切，感觸到溫暖的人味；他們像你的好友、親戚、街坊街里——令人流淚的故事，瑣碎的是非，難以啟齒的風流肮髒，酗酒使氣，天真的宣言……

活在自以為通體是神的領導下的日子久了，具體的世界變得十分抽象；生死煎熬反而成為家常便飯地具體起來。

翡冷翠不免令我生發出「少見多怪」的快樂。

通達的人是不忍心指摘這種幼稚的快樂的；「見怪不怪」的成熟階段，終有一天能夠到達。想想看，嬰兒離開母體的第一次號啕大哭，亦不過只是突然看到世界的「少見多怪」的驚喜反應。哭是上帝教給他的第一語言，用《詩經》翻譯，應該是：「維天之命，于穆不已」；現在話：「哈！這他媽的世界簡直妙透了！」也錯不到哪裏去。

見到熟人，中國人會問：「吃了嗎？」

稱讚某一座天堂，中國人會說：「那地方吃得飽、穿得暖！」

在翡冷翠聽到這些話，準會哄堂大笑。他們設計世界一流的服裝、皮鞋、汽車、電腦、家具，一流的火腿、乾酪、酒。滿街懶散悠閒的人和古老、貴重的居所。他們創造溫飽之外的那些東西的時空，對我來說，永遠是一個謎。

在中國，想古人的時候，翻書而已；在翡冷翠，「上他家去好了」。喬托、米開朗琪羅、列奧納多·達·芬奇、但丁、薄伽丘……的家，有的就在城裏，有的離城不過三十分鐘汽車。

他們的家，跟活着時候一模一樣，窮就窮，富就富。兩百年、三百年、五百年，紋絲不動，用不着今天的子孫來作不倫不類的擦脂抹粉。

前些年我特地和好朋友們到紹興去欣賞魯迅故居。萬里迢迢，沒進門就打了轉身。為什麼？

既歪曲歷史又缺乏文化素養。原來魯迅那麼闊氣呀！輝煌的大理石柱，高玻璃窗，大理石地面，現代化照明。簡直是「大成至聖文宣王」的宮殿嘛！

我後來給一位尊敬的文化前輩寫了一封「報喜」的信，把眼見的盛況「通知」他，和他一個時代的那個有趣的「人」已經變成了「神」。雖然這位被動的「神」只活了五十多歲，這位以「人」為樂的文化前輩至今九十多歲還「神清氣爽」……

為一位據說很偉大的人造一座淺薄庸俗的紀念館，的確可以成為一種極有說服力，極雄辯的標誌，說明我們這個時代的文化趣味、智商及至誠實的程度達到了什麼水平。

到意大利，要拜訪的古人實在太多了。問女兒，薄伽丘老家在哪裏？

「很近！」她說，「開車很快就到。」地點名叫切卡托鎮。

車子上了山，左拐右拐，到了。平平常常的一條兩邊紅磚房子的街，盡頭是教堂和一座名叫佩托理奧宮的古建築，還有一口井，井邊坐着一些對面咖啡館蔓延過來的茶客。

薄伽丘出生和逝世就在這條街其

博迦丘在這裡出生，也在這裡逝世
1990.9.30
博迦丘受洗的教堂

中的一個門牌裏。隔不幾間房子的教堂，就是葬埋他的地方。這倒是很別致的事情。

既然故居作為紀念館，免不了陳列些世界各國送來的譯本、禮物和紀念品，氣勢就顯得頗為壯觀了。其中有「我的朋友」一方平的譯文精裝本，卻是莫名其妙的舊，這可能還有另一層有意義的故事……

薄伽丘受洗的教堂。切卡托的薄伽丘街。薄伽丘在這裏出生，也在這裏逝世。

方平兄沒有來過切卡托，值班女士知道我是中國人後，拿了一本紀念冊讓我題字時，我就認真地寫上：

代表我的好友方平先生、《十日談》中文本的翻譯者在薄伽丘先生的故居，向薄伽丘先生致敬。

一個中國的畫家黃永玉（年、月、日）

故居有二樓、三樓。十四世紀的生活裏充滿宗教，在這裏是看得到的。莊嚴、靜穆中，我仍然感覺到薄伽丘先生在陰影裏向我擠眉弄眼。彷彿在說：「老弟！我那時候的日子其實跟你過去幾十年的生活差不多。我每天要祈禱、唸經。你呢！每天開會，學習；何況你根本就不是個安分守己的人。老實說說看，那時候幹過什麼調皮的事？……」

中譯本《十日談·第奧紐的故事》題頭畫

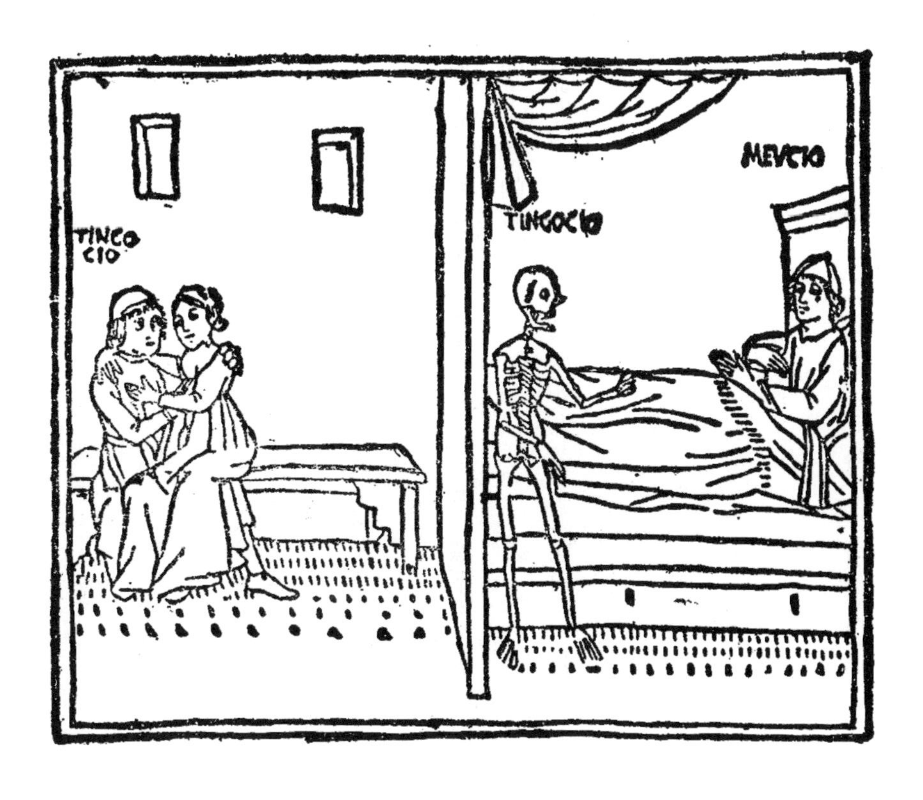

大師呀！大師

幾十年前，南京還是「首都」的時候，有兩句開玩笑的話：「少將多如狗，中將滿街走」，形容那時候在京城裏，少將、中將是值不得幾個錢的。這幾年國內又有了新的好玩的話：「教授滿街走，大師多如狗」了。說的也是實在的情形。

「大師」、「教授」這種稱呼，原不是可以隨便安在頭上的；就好像不可以隨便取下一樣，既要有內涵，還要具備相當長的、夠格的資歷。

隨便稱人做「大師」的人，往往都是「好心的外行」朋友，並不太明白「大師」的實際分量。

八六年七月十三日威尼斯水街

我也常常被朋友稱做「大師」，有時感覺難為情，暗中的懊喪，看到朋友一副誠懇的態度，也不忍心抹拂他們的心意，更不可能在剎那時間把問題向他們解釋清楚，就一天天地臉皮厚了起來，形成一種「理所當然」的適應能力。不過，這是很不公平的，我已經六十七歲了，除非我腦子裏沒有列奥納多．達．芬奇、米開朗琪羅，沒有吳道子、顧愷之、顧閎中、張擇端、董源，沒有畢加索，沒有張大千……除非我已經狂妄地以為自己的藝術手段可以跟他們平起平坐了！除非我不明白千百年藝術歷史的好歹！天哪！「大師」談何容易？

直到有一天，我那些學生，學生的學生都被人稱為「大師」，他們都安之若素的時候，我才徹底明白，我們的文化藝術已經達到一種極有趣的程度了！

若果有人稱讚我：「這老家伙挺勤奮！」倒還是當得起的。

在翡冷翠，我幾乎跑遍了大街小巷以及周圍的群山，背着畫箱，十分逍遙。

但千萬不要以為我的日子都是好過的！

在香港，出發前我有個打算，這次上意大利，要畫一些非常有個人性格，頗見潑辣的東西出來。這樣那樣，如何如何……及至到了翡冷翠，臨陣前夕，面對風景建築卻傻如木雞。千餘年來意大利大師們的宏圖偉構羅列眼前，老老實實膜拜臨摹尚來不及，哪裏還顧得上調皮潑辣和個人性格的表現？

那真是一張又一張的惶恐，一幅又一幅的戰栗。慌亂，自作解脱，被偉大的前人牽着鼻子跑，連掙扎也談不上。眼看着達到三十多幅的數目，有如走進森林，天色遲暮，歸期緊迫，

威尼斯聖馬可
廣場

在意大利電影《天堂電影院》拍攝地。我與雕刻家莫塔特．維吉里奧。

卻沒有找到願望的靈泉。

只是明白一點，六十七歲的暮年，除了藝術勞動，「背水一戰」的快樂之外，時光已經無多。世界那麼燦爛，千百年來藝術上有那麼精彩的發明，夠感謝蒼天的了！

意大利土地上的人民，都是在奇妙的文化藝術裏泡大的。隨口就能來上段藝術評論，哼兩聲歌劇折子。他們不單「懂」，而且「尊重」。

我對一位意大利朋友說：「你們意大利人不裝模作樣，隨隨便便，自自然然！」

「當然！當然！」他說，「要裝模作樣有的是地方。到歌劇院臺上去，或者上那兒去（指大理石像雕刻的石座），有的是地方！」

這土地和這風俗太合我的口味了。

不假客套和不粗俗的中國人，跟意大利人其實也相去不遠。

我在市中心米切萊小教堂對面的但丁學會

翡冷翠街景。米切萊小教堂。

門口人行道上寫生。這座小教堂裏裏外外精致得像一具鮮活的鐘錶。第一次見到它我幾乎「嚇」呆了。那麼美，那麼莊重！

來往的行人憐憫地從我身邊走過。有的就乾脆站在後面嘀咕。畫布平攤在石頭地板上，我則像告地狀一樣趴在畫布上頭勾稿。從上午九點到下午六時，畫幅接近完成的時候，掃地的大汽車來了。

小教堂外和但丁學會之間是一塊不能算廣場的石頭大街，鬧中取靜，「穿堂風」令人舒服清爽。大汽車一邊灑水，一邊掃地繞圈，每次經過我的範圍，都把灑水的龍頭停下來，給我留下一小塊深情的乾地。

彼此都沒有打招呼。

灑掃工作完了，他們把大車停在小教堂遠處，然後向我走來。四個人，三男一女，年紀最大的五十多歲，女的長得好看，都穿着衫連褲的灰色工作衣。他們靜靜地看我收拾最後的那幾塊顏色。嗡哩嗡隆了一陣。五十幾歲那個微胖的清潔工拍拍我的肩，打着手勢。指指我的畫，又指指自己；再做着數鈔票的動作，推向我胸脯這邊來：

「Money! You! Money! You!」

意思再清楚不過了！我的回答：

「No, No!」搖搖手，然後雙手彷彿托着這幅畫往右邊上空一晃一晃，「Hong Kong!

我在意大利街頭寫生

Hong Kong!」對着他微笑……

看起來，我跟我對手的英文水平應該是不相上下了，倒是一說就通，感情得到明晰的傳達。

「Coffee Coffee!」他們指一指咖啡館。

「Thank you!」我指一指畫，搖搖手，點頭，微笑。

你看！又通了！

他們喜歡我的畫，我不僅只這一點高興——在威尼斯、西耶納、聖契米里亞諾，在菲埃索里山、米開朗琪羅廣場，都有人問我賣不賣這些寫生，尤其是在威尼斯美術學院碼頭的三個持槍的年輕憲兵有過類似的要求——我高興有這種融洽的空氣。

我的晚年在這裏度過是合適的，大家的脾性都差不多。做一個普普通通的畫家已經很不錯了。何況在意大利！

威尼斯美術學院碼頭

我的意大利朋友

你說：「我們的朋友遍天下」，你哪裏來這麼多時間？天下的朋友都找你，你受得了嗎？

我在華盛頓恰好住在里根捱槍子兒的酒店。朋友說，就在這間酒店發生了一件事。

我忘記朋友說的是哪位總統。他熱情而順口地對阿拉伯一位酋長或國王說，歡迎他和他的太太到華盛頓來玩。

後來真來了。一百八十多位「太太」和隨從，鬧得酒店天翻地覆。

可見交朋友這件事不是鬧着玩的，輕易的要求和允諾都十分危險。

在翡冷翠，我不是遊客。我優哉遊哉，到處閒逛寫生，一住大半年，而且還要再來；說不定乾脆長住下去。這麼一說，認識朋友就不可避免了。

我沒有長住拿波里的經驗。看到拉馬丁的《葛萊齊拉》時覺得拿波里頗不錯，尤其為他那首《君知否此地石榴花璀璨？》的懺悔詩而動魂傷魄。又有人說：「到了拿波里，可以死了」，應是個值得為之一死的地方；它的漂亮女孩，它的歌和我眼前還不清楚的某些好的東西……

前些年在拿波里，梅溪的手提袋差點被一個摩托車手搶走。我則在一個風景優勝的地方被五六個可愛體面的孩子簇擁着，正享受「意中友好，萬古長青」的當口，忽然同聲向我要錢，並準備進攻我的荷包⋯⋯

我沒有失望。他們只不過錯把我當成「遊客」。「遊客」是天生的搶掠的靶子。「旅遊」久了，滿身留下傷痕累累的「彈孔」，又引起本地人打主意的新的慾望。其實他更像一隻發情的母狗。真令人詫異，屁股後緊隨的這群公狗是通過什麼訊號勾引來的？

我家鄉把這種神奇力量叫做「發騷」。騷勁一出，再遠也聞得到。當我在拿波里街上見到一個個冀圖在人群中掙扎突圍而無可奈何的美國胖太太時，不禁失聲大笑。

日子住久了，逐漸消褪掉旅遊的氣味和感應力量，成為「自己人」之後，就再不會有人上前打擾了。由不得你不信，這是由某種「感應」決定的。

人與人第一次見面「立見分曉」的好惡感應存在與否，任何人都能給你肯定的回答。

「第一次見到那個人，我就討厭！」

「那人真好！第一眼我就喜歡他！」

奇怪的是，多少年之後，這個最初的判斷非常正確。

好！現在介紹我自己找到的第一個意大利朋友。

但丁故居小街拐幾個彎的一個小石板方場，左邊是堡壘式的中世紀旅館，面對着中世紀時代的胡同（上海人叫做弄堂）。

我喜歡這個少為人注意的環境，對着它畫了三天。

畫架搭在一間拉下了鐵簾的房子門口。也沒注意這到底是一個商店還是一家小倉庫。臨到下午，一個中年男子來開門了。我連忙移開畫架。他卻連忙地制止我，叫我繼續畫我的畫。

鐵簾打開，原來這是一家講究的、修理古代鐘錶的小作坊。開門的就是主人。明顯地，我的畫架正橫在他的門口。我自覺放肆得難以容忍。他卻眼睜睜盯住我，不讓我移動分毫。敵意地防止我傷害他對於藝術的尊重和鑒賞力。

一下子出來問我要不要水用？要茶喝？一下子請我到作坊間去休息休息，聊這聊那。還送給我擦筆的軟紙。

他能說相當多的英語，從中我聽得進三四成。我只能在英語會話中「蹦單詞」，加上畫

幾筆插圖，他也就心領神會地全懂了。

第三天，我們彼此間的家庭情況已經一覽無餘，畫完了畫，收拾停當，告別時我建議他到我住處來玩一次，吃一頓中國飯，看看我在翡冷翠完成的畫。他說：

「OK!」

回家之後告訴女兒，打電話跟他落實了日期，忽然他說：

「喔！喔！我，我，我不知道要、要到中國人家裏去、去、去吃、吃中國飯，中國飯，中國飯我沒、沒、沒吃過。到、到、到中國人家裏，到中國人家裏，嗯，中國人家裏，我以為跟你們到、到餐館吃飯，到中國人家裏……」

女兒打去電話時不敢笑，打完電話後告訴我：「你把那個意大利朋友嚇壞了！他們沒有一認識就請到家裏吃飯的習

慣……」

我看也言之成理：「那怎麼辦？」

女兒再打電話給他，得到的回答是：

「好！我來！！！」

來的那天晚上下大雨，客人進門滿身是水。一把深紅色的玫瑰，一瓶上好的葡萄酒。

女兒做了湖南湘西家鄉鴨子，乾燒豆瓣魚……客人戰戰兢兢地探索，吃上一口

多明民哥·盧索的鐘錶店

之後接着就是猛攻，看起來是欣賞得很。

飯後打了電話給太太，告訴她吃了這個，吃了那個；其實不過是報個平安，在中國人家裏，什麼危險也沒有發生。

幾天之後，我們又到他家裏做了一次客，吃他太太做的意大利飯。一位非常樸素賢惠的好太太做的非常意大利風格的飯。

我回香港的前一天大清早，他送來一本印刷精美的照片畫冊，介紹翡冷翠城的「優秀的一百隻手」。其中的兩隻手是他——多明民哥·盧索的。

他的這間小作坊成立於一八四八年，和另外九十八隻手一樣，是翡冷翠的驕傲。這一百隻精巧的手，維護着千百年來翡冷翠延綿至今的一切藝術珍品，包括古代建築石、金屬、皮革、書籍、繪畫、文房四寶、木器、衣物、寶飾、紙張、鐘錶、動物、樂器、瓷陶……一切維修工作。

瞧！「我的朋友」多明民哥·盧索，翡冷翠文化藝術的國防戰士。

翡冷翠城「優秀的一百隻手」其中兩隻手是他——多明民哥．盧索的

沒有娘的巨匠

在列奧納多．達．芬奇面前，你還玩什麼技巧？

列奧納多．達．芬奇是人們心目中最完美的「概念」。是最「人」的人。

他是自有繪畫以來毫無懷疑的全世界「第一好」的畫家。是美術理論家、樂器演奏家、建築家、解剖學家、軍事工程家、物理學家、發明家、幾何學家、水利學家、大力士、雕塑家……他知道的，你未必知道，你不知道的，他全知道。他的任何一門知識和技能，都夠你一輩子去忙得死去活來，而且肯定，絕沒有他幹得好。

你可以在重要的拍賣行看到近一億元的梵高名作，卻沒人膽敢替《蒙娜麗莎》估價。

有人異想天開地說他是「外星人」。這是一種「假設的肯定」，否則難以解釋「特異功能」來自何方。

列奧納多．達．芬奇的故鄉芬奇鎮距離翡冷翠三十分鐘車程。車在平原和逐漸高起的丘陵上暢行。

聖塔瑪托山居盛景圖

聖塔瑪北山居盛景圖

一個小鎮，小山高處是列奧納多．達．芬奇博物館，十百千樣按他設計圖做成的模型。在我這位畫家面前，展示了機械原理和幾何學，使我除了佩服之外，摸不着頭腦。

文藝復興三位翡冷翠巨匠，都是大師，只有列奧納多是天才。米開朗琪羅是巨匠、是大師，他一生生活在作坊裏，從徒弟開始到「掌門」，離不開集體。令後世人驚詫膜拜的巨作，一件之外，都是「作坊」工程。

我明白。十六歲開始木刻到如今才有了一部鏟木板底子的機器。一塊大梨木板畫面，十分鐘就弄平了全部的「板底」。但五十年來，三天完成的木刻，要用兩倍的時間鏟去「板底」，耗去我三分之二的時間；也即是說，五十年的三分之二是三十三年多。白白地浪費了漫長時光。

從《大衞》算起的上百件巨作石雕，不是老米從頭到尾幹出來的。不可能，也不必要。同樣的情況適用於他設計的重要建築。

只有西斯廷小教堂天頂那張畫《創世記》是他一時賭氣之作，在沒有助手的情況下，用了五年時間，全部面積六百平方米，幾百個人物形象，把自己的背都畫駝了。

這是一幅偉大的藝術的「啟示錄」。為後世子孫開闢了「畫」而不是「描」的廣闊的表現天地。啟發着後學如何去表現某種稱做「偉大」的概念的具體手法。其作品本身也以逼人的「偉大」來適應宗教宣傳。

列奧納多．達．芬奇具備了一切人的完美的實質。彷彿他在跟一位吹牛家競賽似的：「你

發明自行車的人

吹什麼，我就完成什麼！」

他像誰呢？他應該像誰呢？我們的孔夫子的博大影響與他相似。

芬奇鎮很美，餐館裏有好吃的牛排、乾酪和橄欖油浸泡的瓜菜。還有我點滴不沾的好酒。

列奧納多．達．芬奇博物館，情緒不好的人最好不去參觀，你會感到人生無常之失望；這個老頭的業績離人的工作能量限度太遠，不可及，唉！彼岸之迢遙兮，恨吾窩囊之妄追！

小時候上學，老師大宣國外之發明家如愛迪生、瓦特時，我即時發生異念：「是呀！是呀！一切都讓他們發明光了；我要發明留聲機，不行了；發明電燈，也不行了！發明火車，也不行了！還有什麼要發明的呢？」

列奧納多．達．芬奇也令我有這種感想。

車子朝山坡小路上開不遠，來到他老人家故居。

一排三間石頭房子，右邊廂房一位女士在低頭看書兼管小量紀念畫冊發售。牆上橫懸着一長列翻曬的列奧納多．達．芬奇手繪的布質設計圖，左邊廂房也是。中堂左角擺着一座列奧納多的雕塑頭像，是近人的創作。

完了。

怎麼就完了呢？是完了！什麼也沒有了。

這是歷史事實。十七歲前住在這兒，二十七歲再來過一次，沒有留下什麼東西。

芬奇小教堂

出生的時候，爺爺在本子上記下了這段話：

一四五二年四月十三日星期六晚上三點，我的孫子，我兒子賽爾·皮耶特的兒子出生了。他的名字叫做列奥納多·安東尼奥·達·芬奇。

母親名叫卡特尼娜，是個極普通又普通的鄉下姑娘，生下列奥納多·達·芬奇之後，被爺爺轉送到另一個鄉下嫁給別人了。從此消失在歷史之外。

列奥納多·達·芬奇的記事本上只有兩次提到母親的名字，還是二十七歲成名之後回小鎮多方調查才得知親娘是誰。

一四五二年，相當於我國明朝景泰三年，沒出過什麼大畫家，六年之後，吳小仙（吳偉）出世，十八年之後文徵明、唐伯虎出世。

列奥納多·達·芬奇故居，沒有我國農村任何一位生產大隊長的公館輝煌。

原是怎樣的，就應是怎樣的，使我們能與當年的歷史脈搏相通，得到教益。

列奥納多·達·芬奇一五一九年五月二日死在法國克魯城堡國王法蘭西斯一世的懷裏。國王啜泣着，像失去自己的兄弟。

國王的傷心當然不是因為失去一位為他賺外匯的畫家。五百年前即使是一國之君，也那麼天真地在熱愛藝術，真有趣得緊。

列奧納多·達·芬奇死的年齡，歷史學家是有分歧的，一說六十七歲，一說七十歲。照他最後留下的自畫像，那一大把白鬍子，說是七十多歲，是信得過的。

杜鵑隨我到天涯

二月，在翡冷翠的萊頗里，半夜聽到杜鵑叫，驚喜得從床上坐起。那是從菲埃索里山密林裏傳過來的聲音。

自從離開故鄉以來，好久沒聽到杜鵑叫聲了。

第二天，我跟女兒女婿去列奧納多．達．芬奇的故鄉芬奇小城看房子，在山巒上走着的時候，又聽到一聲聲杜鵑叫啼。萬里之外，在天涯找尋歸宿的時候，自有一種特別的浩歎。

為了找房子，我們走遍了翡冷翠鄰近四周的古城。去過喬托的故鄉，薄伽丘的故鄉，弗蘭西斯科的故鄉……一次，兩次，不同的地形山勢，不同的格調，最後決定了列奧納多．達．芬奇故鄉，離他舊居四公里的山丘上的一座合適的居處。

原來，列奧納多．達．芬奇的隔壁就有一座很好的石頭平房要賣。房子講究，有變化，古雅之至，我

芬奇小城

芬奇小城
黃·永玉

思前想後，還是決心忍痛割愛了，理由是——

讓參觀、朝拜的人看見了，就會忍不住哈哈大笑起來：「看哪！一個中國畫家，膽大包天，竟敢跟列奧納多·達·芬奇做鄰居！」

「嘿嘿！這個畫不好畫的中國畫家，就算搬在列奧納多·達·芬奇隔壁，也救不了他的急！」

「可憐哪！萬里迢迢，挑選了這個頂尖兒的地方！」

白天，遊人如雲，在窗外探頭探腦，竊竊私語。

畫畫的時候，背後總有個偉大的影子在微笑。

這絕不是隨便開玩笑的話。任何朋友該為我設身處地想一想，我挑選這座住處是否能夠安居？

幸好，我們找到一座既可以得到偉大的藝術泰斗在天之靈的庇護，又能安心生活工作的地方。

這是一個十來戶人家的小鎮。屋子石頭結構，百餘年的歷史。三層。一層是酒窖。二層有兩個大客廳；烤麵包和烤肉的大壁爐；另外是陽臺，一間卧室，廚房和一間可以舉行舞會的驚人寬大的洗手間。三層是三間卧室。

屋外一座迴環的花園，栽着一些松樹、無花果和粗壯的櫻桃樹。山坡順延下去兩個足球場大的橄欖林和葡萄園，據云一年能出產兩噸多橄欖油和兩噸多葡萄酒。滴酒不沾的我，不

（故鄉）自家的院子

免想起眾多嗷嗷待醉的酒鬼朋友……

橄欖和葡萄園盡頭有一道清澈的山泉，以前有座磨坊，現有人在弄礦泉水。黃家地界至此為止。彼岸是濃密的山林。從陽臺遠遠望去，茫茫一片深藍色的影子。鄰居說，天氣好時，看得見海。

芬奇小城在山腳下。列奧納多．達．芬奇故居，他的博物館，教堂，市議會和沿山的居民和小街都清晰可見。

鄰居還說，這地方該冷的時候不冷，該熱的時候不熱。因為有海風，沒有蚊子；因為有山，風又不大。一年四季都有鳥叫。

若這些好聽的話是「房串子」說的，就會引起我的警惕和疑心；幸好是鄰居的關照，看起來，每年的一半時間放在這裏，大概能專心做出點創作來的。

我只是去過這地方兩次，前後左右都粗約地看了一看。女兒和女婿倒是走得多了，不過他們說，也沒有可能走遍所有的「領地」。他們也發愁，到秋天，怎麼消受那些地上的收穫？我告訴他們：

「芬奇小城的列奧納多．達．芬奇博物館，是一個長知識、促智慧的地方。多上那裏走走，再經常到附近意大利酒店吃頓午飯或晚飯，自然會爆出些精彩的、解決困難的好主意來。」

意大利這地方跟上帝最近，意大利人最熟悉上帝的脾氣……他老人家不會跟一家東

從坡下望林中的石屋

無數山樓一角

方人過不去的。

從翡冷翠回到香港已經一個多月了。屋後克頓道山徑白天晚上都響着杜鵑。去年，前年倒是一聲也沒有聽過……

人到了老年，遊徙的身世翩浮於杜鵑聲裏，不由得想起文木山人的那闋詞：

記得當時，我愛秦淮，偶離故鄉。向梅根冶後，幾番嘯嗷；杏花村裏，幾度徜徉。鳳止高梧，蟲吟小榭，也共時人較短長。今已矣！把衣冠蟬蛻，濯足滄浪。無聊且酌霞觴，喚幾個新知醉一場。共百年易過，底須愁悶；千秋事大，也費商量。江左煙霞，淮南耆舊，寫入殘篇總斷腸。從今後，伴藥爐經卷，自禮空王。

無數山樓的廚房和餐廳

教訓的回顧

教訓不一剎而過，才真的成為教訓。

好友張五常曾提到我不馴的「美德」，説是在某種長期的特殊生活環境下，我還保持了某種可貴的「純真」。

他心地太善良了，把一切都看好。其實，他比我「純真」得多；明確的愛，直接的厭惡，真誠的喜歡。站在太陽下的坦蕩，大聲無愧地稱讚自己。他的周圍、這個世界，欣賞和鼓勵他這麼做，相信他的誠實。

我是個受盡斯巴達式的精神上折磨和鍛煉的人，並非純真，只是經得起打熬而已。剖開胸膛，創傷無數。

五常相信權威，他是在真正權威教育下加上自己的天分，把自己弄成如假包換的權威的。

我從小靠自己長大。一路上，只相信好人。權威當前，沒有辦法的時候，口服心不服，像個木頭。雕成了表面老實，實際調皮複雜的「皮諾曹」。歷史的因襲太多，醫治過去遺留

達·芬奇故居的後院

的傷口比克服未來的困難的分量沉重十倍。

在我的一生中，略堪告慰，藝術上還算吃苦耐勞。但吃苦耐勞不是藝術成果。俄羅斯寓言家克雷諾夫説過這樣一個故事：有人要去旅行，問他的朋友，要不要僱用他的男佣人？這個人雖然不會做事，但是他不抽煙、不喝酒……朋友回答説：「其實，抽一點煙，喝一點酒算不了什麼，只要他會做事。」畫不好畫，光提勞動精神是無濟於事的。

我自己在翡冷翠的工作勞動有餘，畫畫上碰到的釘子卻像掀起了舊瘡疤那麼難過和喪氣。

列奥納多·達·芬奇的故居真是樸素得令人感動。我決心要寫一次生。他屋後有一塊不大的橄欖林，展延成變化豐富的縱深局面，野草叢生，遠遠露出暖紫色的後牆和屋頂。

架起畫架，一切順利，屋頂出來了，懶散疏落的橄欖樹也出來了，草地出來了。太陽落西，九小時的工作，開車回家。

在客廳重新把寫生裝在大畫架上，改改這裏，修修那裏，晚飯後直畫到半夜兩點，興致十分高昂，心裏對列奥納多·達·芬奇崇敬不已，覺得可以把這塊生長亂草的地面改成鮮花怒放的花園豈不更好？不假思索便動了手。為了痛痛快快地玩一場鮮豔的顏色，為了塑造列奥納多·達·芬奇的故居非同凡響，畫面上出現了熱帶植物園的奇花異草。

臨近完成的時候天已黎明，我彷彿從夢中醒來——理想的花園出現，列奥納多·達·芬

第二次寫生

奇樸素的故居到哪裏去了？

心情如捱了幾棍子——我曾經嘲諷過把魯迅故居改建成「文廟」的愚蠢行為，不慳吝語言的鞭撻；如今又在自己的作品上為列奧納多·達·芬奇搭蓋魯迅故居式的聖殿……真是見了鬼。

一整天加上一整夜的勞累，換來了羞愧的悔恨。我怎麼能用這種方式去認識和理解列奧納多·達·芬奇呢？讓他在天之靈對我作憐憫的微笑？我幾乎受傷似的躺倒了。什麼地方也不去，什麼話也不說，什麼事也不做……

三天之後決心帶上行頭再上一次芬奇鎮。天已經很冷，山風飄起了衣服，我把所有的鮮花都刮了，狠狠打上薄薄的底子……

「對不起，列奧納多！讓我把你的草地重畫一遍吧！我庸俗的劣根性玷污了你和你的草地，你知道，幾十年來我一直徘徊在如何辨別理想的歧路上，真辛苦和煩惱……」

一群孩子剛從「故居」參觀出來，圍在我的周圍，一邊看，一邊不停地輕輕叫好，還和我照了相。你看，列奧納多要他們來安慰我了。

過了幾天，占美從香港打電話來，問畫畫進度如何？我還在生自己的氣，恨不得一口把電話機嚼了，「太艱難了！」

「艱難？」他說，「六十七歲還覺得艱難？那我恭喜你了！」

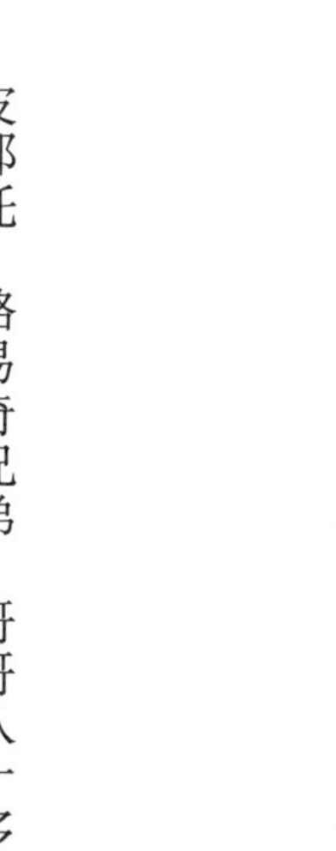

皮耶托、路易奇兄弟，哥哥八十多歲，弟弟也將近八十。

萊頗里兩排房子的盡頭還有一排橫着的房子，我就住在左邊一層的這套。丁字形之間是一個小廣場。有樹，一個斜坡通到小河邊。這是我以前提到過的。

每天下午三點左右，老太太和中太太各人搬着一張椅子在右邊的樹蔭邊上聚集起來。這倒不是像我以前在北京時每天見到的「居委會治安老太太」，看見令她們可疑的人物動不動就要向派出所報告。意大利老太太們聚在一起只為了有趣；交換點當天的新鮮事情，不會有什麼「忠於黨，忠於人民」的讓人不舒服的事情發生。

我每天打外頭回來，都要揚手向她們問好，招呼。間或有一兩個彎着腰的九十來歲的街坊也坐在裏頭。

不單人有這種德行，鳥也有。

我曾在一張畫上寫過這種意思，說四川人上茶館，不為什麼別的，不像廣東人上茶樓吃點心當飯。四川人上茶館，竹躺椅上一靠，為的一種懶散的舒服，喝滿肚的釅茶，跟同來的人聊一些不三不四的閒話。沒什麼好吃的東西，大不了花生瓜子而已。鳥，比如說鸕鶿和其他一些水鳥，吃也吃飽了，喝也喝足了，一齊聚在沙洲荒渚上幹什麼？也恐怕是圖一個聚在一起的快樂，一種恬靜的信任吧！在一起而沒有明確的目的，那是很舒服寫意的事。

皮耶托、路易奇兄弟各人有各人的家，家裏也不缺這個那個，大清早起來，總要到鄰近的咖啡鋪去喝一杯濃咖啡；喝咖啡事小，跟一些街坊張三、李四碰碰頭才是真意思。

這兩兄弟的日常生活按着時鐘拍子進行。哥哥是工程師，退休了，卻每天在花園裏出出進進，滿身是土是泥，讓做弟弟的佩服得不得了。哥哥西裝革履，一絲不苟。弟弟在禮拜日才穿着正式服裝，平時只是夾克一件，鬍子拉碴的。

弟弟佩服哥哥的學問，老是我哥哥長我哥哥短。哥哥從海邊運來許多噸的貝殼，在自己的花園裏，牆上，柱子上，花壇上，葡萄架上……把能貼得上貝殼的地方都貼上貝殼，並且釘上一塊「貝殼花園」的牌子，也是貝殼拼出的字。十分得意而滿足。

有一天我跟弟弟路易奇說，請他兩夫婦來我們家喝下午茶，也麻煩他代邀他的哥哥。

女兒做出許多中國點心，油炸脆皮酥，小麻花卷，形形色色，就是沒有叉燒包和豆沙包。女兒說，他們害怕粘牙的麵粉東西。

來了弟弟夫婦倆，哥哥沒有看見。

「告訴他了嗎？」

皮耶托、路易奇兄弟倆

我在路易奇花園畫路易奇

「告訴了，只是你們沒有親口說，他拿不定主意。」

「那好！我去找他！」女兒不一會兒真的把皮耶托帶來了。他穿着隆重的做客的禮服。我們坐下喝茶，對那些點心他們已是熟手，過年過節，女兒免不了都送一些給他們。不過仍是熱心而珍貴地欣賞着。

我提出給他們兄弟倆畫一張像的請求。我說，越隨便越好。（畫畫的那天，弟弟同意了。問起該穿什麼衣服。

發現進來的哥哥是全套禮服，便忙着要回去重新打扮，總算把他勸住，畫成現在這個樣子。）

下午茶結束，女兒給他們每人一包點心，皮耶托慢吞吞地出門，從窗口，我們看見他正跟坐在樹蔭下的老太太們招呼，捏着點心袋的手放在背後，只用一隻手打手勢。

大概介紹在我們家喝茶的情形，說得很仔細，一板一眼，不時地還回頭指指我們這邊。意大利的手勢是世界語言，誰都看得懂。有人說，如果砍了意大利某個人的雙手，他便會成為一個啞巴，什麼意思也表達不出。

他背着手和老太太們告辭，當他走過人群時，急速地把捏點心的手轉到前面。我不相信那些老太太發現不了他的祕密，底下的話題便會是皮耶托藏在背後的那隻手以及捏着的那包東西……

我給路易奇畫過一幅他和他的花園，所以他以後不斷地提醒我，皮耶托的「貝殼花園」才是美妙的東西，為什麼不畫一幅呢？

路易奇不明白，幾十萬顆貝殼湊在一起，遠遠看來不過一片麻點，畫不出效果的。出於對哥哥的尊敬，他覺得我光畫他的花園頗不公道。

中東戰爭開始，翡冷翠沸騰起來，所有人的眼神憂鬱而惶惑。他們大部分反對打仗。不管是什麼仗，死人都不好。路易奇太太一提到這場戰爭就掏手絹。

我是贊成打這場仗的。說出我的理由他們都搖頭，輪到電視和報紙宣佈意大利派兵參戰那時起，翡冷翠街上到處遇得到反對戰爭的遊行隊伍，女的抱着嬰兒走在前面，老太太殿後，氣勢愁慘，主題明確而動人。

意大利民族的有趣所在不能不令人叫絕。一方面反對，一方面出兵，一方面向伊拉克提供大批能發出回應電波的木頭，假飛機整齊地排在飛機場上，讓美國佬開仗初期浪費大量炮

路易奇先生和他的花園

火上了大當。意大利人大聲嚷道：「這不是真飛機，只不過把一些兒童玩具做得稍微大些而已！我們做的是玩具生意！……」

倒是真出了一些兵。空軍和海軍。電視上看到碼頭相送的難捨難分的眼淚場面。

海軍平安地出發，不發一槍一彈又平安地回來；十架飛機，兩架起飛之後掉了一架，一架安然返航，另一架飛機上的駕駛員被俘，事後也安然回到祖國。

有離別，有凱旋，彷彿都是意料中事。

意大利老百姓仍然從容地過着意大利式的生活。

空氣那麼好，樹那麼綠，雲那麼

瀟灑。

皮耶托、路易奇兄弟每天早上仍然上咖啡店喝那一小杯濃咖啡，弄他們的花園。

老太太、老頭子下午三點後坐在樹蔭下繼續他們馬拉松式的聊天。

墨索里尼用歌劇式的誇張手法統治了意大利，又歌劇式地被老百姓倒掛在電線杆上。

除了藝術，我看意大利人沒有一樣是認真的。

路易奇先生和他的花園。黑妮租他的房子住，我租的房在附近。

了不起的父親和兒子

拉斐爾是意大利中部烏比諾地方的人。死的時候三十七歲，使得教宗哭泣，全國震動，為了悼念他，壞人發誓從此做好人。他埋葬在羅馬的萬神殿第一個位置，第二個位置才是國王和其他一些重要的顯赫人物。拉斐爾十五歲學畫，三十七歲謝世，工作了二十三年。多精煉的二十三年！

拉斐爾的父親喬凡尼·桑蒂，人說他僅只是一位平凡的畫家；我看他是一位偉大的父親，一位矢志不渝的偉大畫家的引路人和發掘者，這種精神和一些具體安排，對後世做父親的人來說，學不學先不管，起碼看得出誠心和愛心的差距。

喬凡尼·桑蒂對自己孩子的教育非常謹慎小心。引導孩子言談舉止合乎高尚習俗，態度上要斯文典雅，語言溫和，書寫規矩流利的字體……十四歲以前，做父親的已經告誡孩子要為必將來臨的「偉大」做好準備。

翡冷翠、烏比諾和佩魯賈三個地方恰好在一個等邊三角點上。佩魯賈有一位重要的畫家佩魯基諾住在那裏。做父親的認定這位大師是他兒子未來命中老師。便隻身跑到那裏住

了下來，在教堂找些臨時打雜的壁畫工作做，藉機認識佩魯基諾，並成為來往密切的好朋友。

這當然是花時間和力氣的。直到熟到不能再熟的某一天，他才開口說出請求佩魯基諾收他的兒子拉斐爾做徒弟的話。佩魯基諾一口答應下來。

喬凡尼．桑蒂馬上從烏比諾帶來了拉斐爾。佩魯基諾見

羅馬萬神殿

到十四歲的拉斐爾的第一句話：

「天哪！他長得多美！」

在佩魯賈，拉斐爾待到十八歲。離開了老師來到翡冷翠。翡冷翠誰在那兒呢？

偉大的列奧納多．達．芬奇和米開朗琪羅。

一五〇八年二十五歲的拉斐爾開始去到羅馬，幫教皇朱理二世一直幹到一五二〇年三十七歲逝世為止，畫的畫簡直數也數不來；說也沒有用，空口說畫如瞎子摸象。

拉斐爾在當時的社會生活中是個奇跡。上至教皇，下至販夫走卒，他跟誰都要好。走在路上，站在畫梯上，人說：「拉斐爾！給我畫張速寫像吧！」他馬上就會放下工作為你畫起像來。

貓、狗、牛、馬、羊，甚至鳥雀見到他都向他走近，讓他撫摩。

他誠懇而勤奮，也虛心向學，及至長大以後，跟他學畫的青年人也受到他道德的影響，在社會上造成很好的氛圍。

他也有任性而調皮的地方。大部分作品中偉大的聖母瑪利亞像，都是他那活潑過分的女朋友的寫生。當人們知道之後已經太遲，何況最理想的聖母瑪利亞，難道不應該是這樣一流的漂亮嗎？

拉斐爾逝世的時候，老師佩魯基諾還健在。當他從外地回到佩魯賈，見到少年拉斐爾在教堂留下的未完成作品時，傷心地完成了它。有心人哪一天到佩魯賈訪問，可別忘了打聽這

拉斐爾作《雅典學院》

幅畫的所在，務必去看一看才好。

恐龍是神話中的現實，文藝復興那幾個人是現實中的神話。你難以想象一個單一的人能創造出這麼精妙的作品，一雙巧手，一對敏鋭的眼睛和一副好的腦子。

喬凡尼．桑蒂這位了不起的父親，替兒子找老師，不惜像間諜特務一般地忍着性子去跟人搭交情，可算是委屈之至。人和人之間的那一點寶貴的樸素和真誠衍生於中世紀的黑暗時期之後，要不，怎麼叫做「文藝復興」呢？是不是？

拉斐爾出發翡冷翠之前，得到佩魯基諾藝術表現和觀察的最濃縮的培養教導，令他成熟而從容，不至於在翡冷翠見到列奧納多．達．芬奇和米開朗琪羅時手足無措。

文藝復興三傑中，拉斐爾是最具有人情味的。本身的漂亮，斯文的態度加上懾人的能力。那時候就有人稱讚他像太陽，溫暖、明亮。

我兒子女兒都在佩魯賈上過學，我也去過那裏，美得很，難以忘懷。回到北京，我們給一隻剛得到的大瀝沙皮狗取名為佩魯基諾，以寄託我們親切的敬意。佩魯基諾跟我們來到

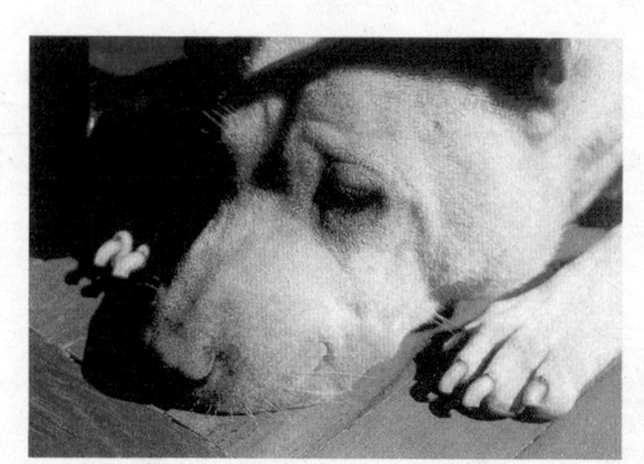
懂畫的佩魯基諾

香港，今年快滿七週歲了。牠奇跡似的懂得欣賞我釘在牆上剛完成的畫，左看看，右看看，然後總是搖搖頭，失望地走出畫室。

眼光太高了，我不該給牠取個拉斐爾老師的名字。

但丁和聖三一橋

小時候讀但丁的《神曲》莫名其妙，讀歌德的《浮士德》也有這種感覺。硬着頭皮衝刺，還是喘着氣讀不下來，怪自己沒有足夠的學問去讀完它；及到後來長大些的時候才發現，原來根本是翻譯得不好。欺侮人，把翻譯工作當創作來搞，信口開河，目中無丁。那時候的中國，懂一點外文的人是很放肆的，賣「二手車」還那麼狂妄！豈有此理之至！

許多譯本大都不根據原文，要不是日文便是德文，原因是中國到日本留學的如魯迅、郭沫若都是學醫，學醫照例得知道點德文，馬馬虎虎，日文加德文，弄出許多文學譯本來。

有人問巴金先生，近百年哪本書譯得最好，巴先生說：「魯迅的《死魂靈》。」我是相信的。即便是從日文翻譯過來，但魯迅從來的主張是「直譯」，再加上他本人的文采，讀起來令人十分舒暢，品嘗到文學的滋味。

《神曲》不夠「神」。我們中國的神怪的詩詞歌賦，好像都跟《神曲》一個調調，情節故事都平凡普通，屈原、曹子建，和但丁差不多，不太會講故事。

論講故事，古希臘的那些神話中的神類，也都發揮着人的性質。若是人，四處都有類似

但丁和比雅特麗絲在聖三一橋的驚鴻一瞥

的短長處發生，毫不稀罕，只因為是神，才顯得特別起來。好像毛主席在某個小城街邊買了一塊油炸糕當場吃下，被本地人傳頌了三四十年，其實原是大家天天發生的事。這就遠不如我們的《封神榜》、《西遊記》，甚至《濟公傳》的刁鑽古怪，耐人喜歡了。

看起來，全世界的古人都不是講故事的能手。薄伽丘的出現，人文主義思想的生發，衝破了思想禁錮的樊籠，人才開始發現了自己，委婉曲折地講起故事來。中國人會講故事要早一些，從信口開河，毫不負責的《山海經》到纏綿曲折的《李娃傳》，那變化有多大！

但丁《神曲》寫的《地獄》、《煉獄》、《天國》三部分「詩」的境界，我們中國人讀中國詩的感受是兩碼事。《神曲》中提到的帶路者拉丁詩人維吉爾以及以後的比雅特麗絲的出現，也都引不起我太大的興趣。《洛神賦》寫來寫去，和曹子建當時喜歡某一個夠不着的女人一定有些特別的瓜葛。擴而大之說去，就露出了一廂情願、自我陶醉的尾巴。

《神曲》可能在洋「詩」上有很偉大的文學成就和社會歷史成就。只是我不適應。不是不好；只是不適應。

中國詩是好茶，難以比擬的神妙。

一九四三年我在「新贛南」的信豐縣民眾教育館做事。看到鄭振鐸編的《世界文學大綱》中有一幅但丁在翡冷翠的聖三一橋頭遇見比雅特麗絲的畫，十分欣賞而感動。那時我剛認識一位女朋友（即今日之「賤內」），正神魂顛倒之際，於是按照但丁在聖三一橋頭的精神實質，寫了一首短詩發表在《凱報》上。因為抗日戰爭，知識分子四處遊徙，《凱報》的副刊

是由《桃花扇底送南朝》著名小說作者谷斯範和詩人雷石榆負責的。詩一經發表，便覺得來頭頗為不小。因為民教館址也在大橋之頭。

住在翡冷翠，免不得時常經過聖三一橋，遠遠望去，老橋就在前頭，幾百年保持了原來的面目，都是因為意大利人歷史的品位不凡的緣故。

人在習慣上往往愛表現流露一點有限的知識癖性。來到聖三一橋

聖三一橋即景

頭，就會樂滋滋地測量——但丁當時站在這裏或那邊，一尺或再過去幾寸？另一人就會糾正，不！還更過一點……其實這無關緊要，因為到底有沒有比雅特麗絲還是個問題，站在哪裏不一樣？

不過還是有這個人好。

前幾年傳說新疆天池出現大水怪，引起全世界旅遊者的興趣，忽然科學院嚴肅地公佈了調查結果，說天池根本沒有大水怪，是謠傳，魚而已。站在旅遊收益立場，你看多煞風景！多蠢！多掃興！

「姑妄言之，姑妄聽之」是一種晉入化境的樂事，某些事情的認真彷彿潑了人一身帶腥味的黏液，洗刷好久也不自在。

傳說中，但丁九歲就見到比雅特麗絲，十八歲又見到一次，這就是聖三一橋頭的那一次。以後她就嫁人了。出嫁不久的一二九〇年死去，但丁這時候是二十五歲。一生最主要的作品《新生》為她而寫。看起來又真有這個人了。

參加政治活動不外兩類人，一是存心搞政治；一是偶然「上了賊船」。但丁這個人也搞政治，大義凜然地吃盡苦頭，當局宣判他「終生流放」，若再踏進翡冷翠一步，就要被送進全聚德式的火堆裏。

但丁一二六五年生，一三二一年九月十三日死在拉文納，也葬在那裏。活了五十六歲，不算高壽；我國宋代的大畫家黃公望比他晚生四年，卻活到一三五四年，高壽八十五歲。宋

代的畫家在我們看來是算不得什麼古人的。

翡冷翠聖十字教堂裏有座儼乎其然的墓龕，那是衣冠塚。翡冷翠人幾次要把但丁墓從拉文納搬回來，拉文納人不幹！

但丁故居

牧童呀！牧童

王冕（一二八七至一三五九）這位元朝大畫家，《儒林外史》有着精彩的描述。《儒林外史》在我心裏是首一說部。許多人物由頭到尾都寫得很好；最有典雅和幽默的深度。寫文章，這是很難步到的境界。

王冕照一般傳說，是個有頭無尾的人物。

《儒林外史》有這麼一段宣敍：

……王冕道：「天可憐見，降下這一伙星君去維持文運，我們是不及見了！」當夜收拾家伙，各自歇息。

自此以後，時常有人傳說，朝廷行文到浙江布政司，要徵聘王冕出來做官。初時不在意裏，後來漸漸說得多了，王冕並不通知秦老，私自收拾，連夜逃往會稽山中。

王冕作《墨梅圖》

……可笑近來文人學士，說着王冕，都稱他做王參軍，究竟王冕何曾做過一日官？

王冕沒有學過畫，小時藉着在湖邊放牛畫荷花寫生悟得些路數門道。《儒林外史》這段描寫十分動人：

彈指又過了三四年，王冕看書，心裏也着實明白了。那日，正是黃梅時節，天氣煩燥。王冕放牛倦了，在綠草地上坐着。須臾，濃雲密佈，一陣大雨過了。那黑雲邊上鑲着白雲，漸漸散去，透出一派日光來，照耀得滿湖通紅。湖邊山上，青一塊，紫一塊，綠一塊。樹枝上都像水洗過一番的，尤其綠得可愛。湖裏有十來枝荷花，苞子上清水滴滴，荷葉上水珠滾來滾去。王冕看了一回，心裏想道：「古人說，人在畫圖中，其實不錯。可惜我這裏沒有一個畫工，把這荷花畫它幾枝，也覺有趣。」又心裏想道：「天下哪有個學不會的事，我何不自畫它幾枝。」

說的簡直是印象派莫奈的荷池。

《儒林外史》的作者吳敬梓，生在清朝康熙四十年，死於乾隆十九年，才活了五十三歲，是喝酒後上床睡覺痰湧死掉的。學者們認為他寫這部書是在四十至四十五歲左右，那麼，是

一七四〇年以後的五六年了。

我算這個賬幹什麼呢？

印象派在法國巴黎出現於一八七五、一八七六年之間。那一幫小伙子抬着太陽闖進了畫壇。跟吳敬梓所描寫的燦爛的湖光山色百分之百的印象派色彩理論要求，晚了足足一百三四十年。可惜吳敬梓理想的畫中色彩的敏鋭感覺沒有把沉睡的中國畫家喚醒……

世上留下有限的王冕精彩大作（可惜我眼前找不到他畫荷花的圖片，而只找到梅花的圖片，但也是很了不起的手筆了），絲毫沒有吳敬梓理想的端倪。王冕是王冕，吳敬梓是吳敬梓，畫歸畫，説歸説，都已給文化歷史遺留下深深的芳香。夠好了。

牧童裏為什麼總是出畫家？

意大利翡冷翠的喬托（一二六六至一三三七）也是一個。

喬托的家在翡冷翠城外二十八公里的維奇奧村。當時的大畫家奇馬布埃有一天經過維奇奧，看見一個小孩蹲在橋頭畫羊群裏的羊，聚精會神，旁若無人，畫得那麼精確有致，令他忘記了趕路，非常高興地問他叫什麼名字？幾歲了？

「喬托！十歲！」孩子回答。

「你願不願意跟我到翡冷翠去，我教你畫畫？」

「願！你要先問我的爸爸。」

喬托的爸爸名叫波翁多納。原來，十歲大的兒子在本村已經很有聰明的名氣，夠他得到出足風頭和榮譽的機會；聽説權威人士願意培養兒子成為真正的畫家，馬上就答應了。

大畫家奇馬布埃哺育小喬托長大，直到成為一個非常重要的畫家。

名氣大了，連教皇貝拿地卡特九世都想邀請他為聖彼得教堂畫些畫。便派了專使去托斯卡那一帶了解一下喬托的品行和本領。見到喬托，説明了教皇的意思，問問是否可以帶回一些作品讓教皇看看？喬托隨手撕下一張紙，提起畫筆蘸着鮮紅的顏色，畫了一個圓圈。

「拿去吧！」圓圈像圓規畫的那麼圓。

專使以為喬托開玩笑，後來認為被侮弄，回去便將詳細經過報告教皇。教皇卻認為喬托的本領超過了當時所有的畫家。很快地把他接到了梵蒂岡。以後，喬托畫圓圈故事成為一個著名的諺語，嘲笑一個傻瓜便説：「你比喬托畫圓圈還簡單！」

但丁是喬托的好朋友，一直在口頭和文字上讚賞他，把他寫進了《神曲》裏。《十日談》的作者薄伽丘稱喬托是「卓越的天才」和「翡冷翠光榮的燈塔」。《十日談》第六天第五篇故事寫了以上的話。彼德拉克有一幅喬托為他畫的像，遺囑給帕都圭大公時説明「沒有比這幅畫更值得尊敬的禮物了」。

喬托到底有什麼了不起呢？

聽聽薄伽丘怎麼説：

「喬托把埋沒了許多世代的美術帶回了人間。」

每一個革新者都來自一座殘酷的煉獄。從黑暗時期拜占庭藝術深淵裏衝殺出來的第一個

喬托作《猶大的親吻》

自由意志旗手就是喬托。

「文藝復興」這個聲音響徹至今的原因，就因為它得來不易。「黑暗時期」巧奪天工的宗教裁判機器的殘酷，其原始野蠻的程度和規模遠遠超過「四人幫」中的江青原始性質。

喬托在藝術上發現了人性並且勇敢地表現人性，形成了一系列完整的技術和理論技巧與崇高觀念。

《文藝復興歐洲藝術》一書中有一段這樣的敍述：

……馬薩喬、弗朗切斯卡、列奧納多·達·芬奇、拉斐爾與米開朗琪羅這些早期文藝復興與盛期文藝復興的偉大藝術家，把喬托的美術作品當作塑造品格崇高的人物形象時予人以深刻啟示的、永遠朝氣蓬勃的源泉。

不知道世上有列奧納多·達·芬奇該捱打手板；不知道世界上有喬托呢？就該捱打屁股了。

我在喬托雕像前

司都第奧巷仔

大教堂左側有一條非常窄的巷仔，名叫司都第奧街，實際上跟英文畫室的讀法只是擰着一點腔，好像山西人講北京話，意思是完全一樣的——藝術工作室或畫室的街。

深究起來，這條街可能還有許多古仔好講。給一條街取個名字總不是無緣無故的。眼前，它的著名是由於一間一兩百年——聽說可能更早的賣美術用品的鋪子。

巷仔不長，一百米吧？那一頭是條名叫柯爾索的稍大些的横街；這一頭就是環繞大教堂的熱鬧馬路。

這家美術用品店真是令人一踏進門就捨不得離開。有關藝術的工具材料無所不包，畫布，紙張，顏色油料，毛筆刷具，畫板畫架，鑿子刻刀，以及十三、十四、十五、十六、十七、十八、十九、二十世紀各種不同時代壁畫顏料及底子材料都分門別類地羅列有序。售貨員的模樣長得很有古意，他們細心地介紹，彷彿帶領着我一世紀一世紀往後推移，腦子裏展現出美術史上用這些顏料畫出的一幅幅逆時針流轉的經典壁畫。

鋪子裏人山人海。外國附庸風雅的遊客喜歡攀談，順勢自我介紹也是熱心的美術愛好者，這類每天發生的事是終能令人原諒的，萬里迢迢來到翡冷翠，不抒發一點藝術氣質，回國如何面對鄉里？美術學院的年輕男女則是川流不息，東摸摸、西捏捏，一待半個鐘頭，看看價錢，冷笑一聲走了；大不了應付面子，買一小盒木炭，或是兩支鉛筆……來是要來的，觀賞和感染的成分較多，真正要用工具材料時，他們自有便宜的去處。

我好不容易在女兒的帶領下，熟悉了從萊頗里搭十一號A公共汽車在大教堂下車，再步行到司都第奧街的路線。以後我一缺材料也就會一個人到這兒來買了。多好，熱天冷天，我這個不太寂寞的老頭來來回回在這條路上走着。

鋪子裏的人熟悉我了。我給他們旅行支票，他們知道我不懂外幣換算，細心耐煩地在打印好的價單上又用鉛筆給我説明。次數多了就顯得有些親切。返港的前一天我又去了那裏一趟，添購幾支做蠟雕塑的刀具，並向他們告別。握手。

「喔！中國畫家！歡迎再來翡冷翠！」

「會來的！我很喜歡意大利的美術材料和工具……」

「是的，意大利的美術材料一流，我們知道你買了很多——」他轉身告訴一位長黑鬍子的胖子，「——嘰哩咕嚕，嘰哩咕嚕……」

那黑鬍子胖子揚了一下眉毛，對我笑了一笑。

同行的中國年輕朋友悄悄告訴我：

「他說你在他這裏用了二十多張一千美元的旅行支票！」

我大吃一驚，覺得不太可能吧？事後一算，半年多來，竟真有這個數目。美術用品店不會出現大豪客的。正應了金聖歎臨刑前那兩句佳言：「殺頭，至痛也，而聖歎無意得之！」花了這麼多錢，事後一想，真殺頭般痛也！

我喜歡翡冷翠，喜歡與我安身立命的職業有關的美術用品店。第一次踏進這家鋪子我就備感親切。任何一種環境或一個人，初次見面就預感到離別的隱痛時，你必定愛上他了。

回香港已兩個多月，幾次夢中走進這家鋪子！唉！可能由於少年時貧窮的渴望的回顧吧！

翡冷翠，非星期日，城圈以外的汽車不准進城。我選了個星期日，讓女婿用車子把我安頓在柯爾索街邊，對着這條迷人的司都第奧小巷畫了一天。

這一天，發生了一件與繪畫毫不相干的趣事。

我的畫架搭在正對着司都第奧巷仔的人行道上。巷仔出口右手不遠有座與民居連成一排的老教堂。十一點多鐘還是更晚些時候，人們做完彌撒和禮拜再出來時，教堂門口忽然間沸騰起來。我愛理不理地繼續寫生，人群裏出現了號啕。另一些從我身邊走過的人們指手畫腳不免使我的工作無法專注，遠遠望去，好像有人出了事。

我連忙放下畫筆跑過去，原來是一位六七十歲的老太太暈在地上，臉色發綠，一動不動。睜開的兩眼，卻是一眨不眨。

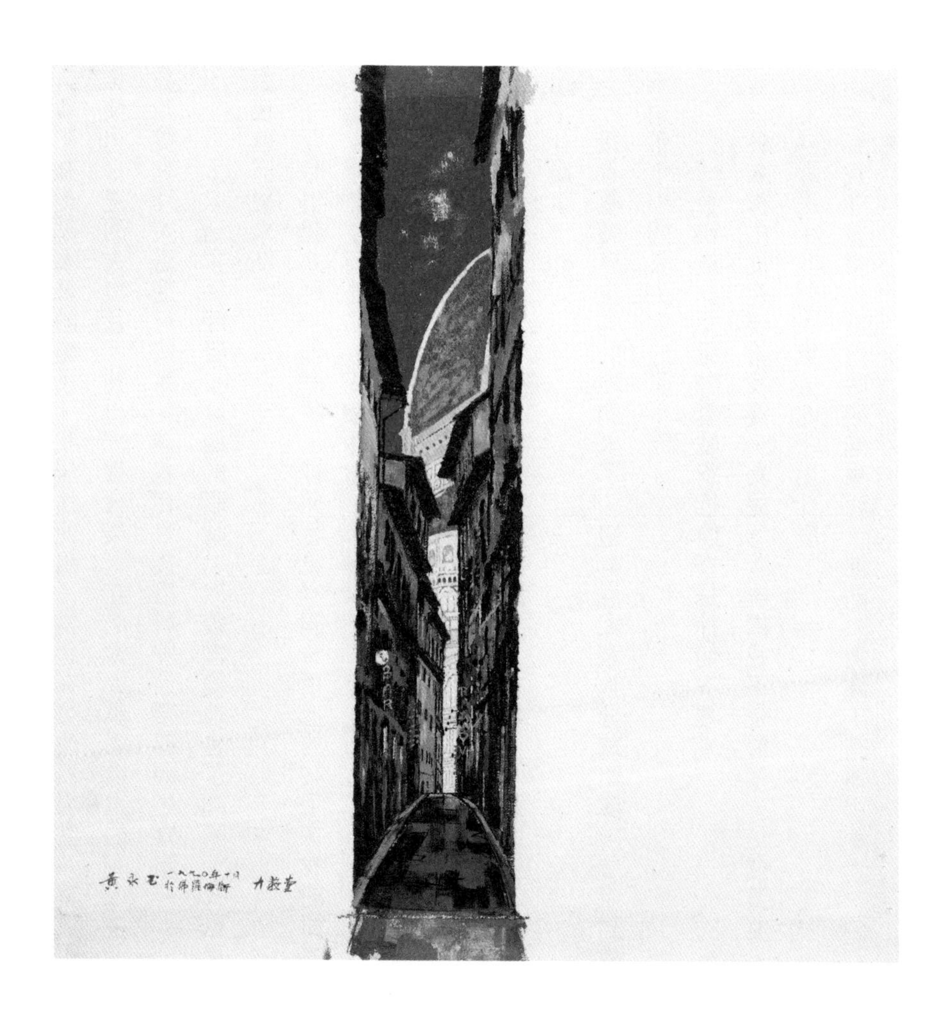

司都第奥巷仔

不知從哪裏來的膽子，我居然使出了當年在勞改農場當「草藥組長」時的渾身解數，急忙摸出身邊的火柴盒，抽出一根火柴，在老太太鼻下嘴上的「人中」部位輕輕觸動起來。又在她雙耳耳陀處進行按摩，接着在背後沿肩胛到腰部順序緊壓。

老太太活了。呼吸，眨她的眼睛，然後慢慢地坐了起來。我也真嚇了一跳——「怎麼這麼快就活過來？」

登時引起人群一陣歡呼。神父唸唸有詞，用他的右手在我的面前指指點點弄手腳，我明白這是對我的感謝而非跟我鬥法。

人們環繞着我，無數虔誠的眼神，就在十步不遠的教堂內的壁畫上見過太多。我不知如何是好，便趕忙回到畫畫的地方。

那幫人又成群地跟了過來。女兒去給我買飲料，見到我成為中心，趕忙大叫：「爸爸！出了什麼事？」

接着救護車也哇哇地開來了，這群意大利人分成兩隊，一半對救護車大叫：「不用了！不用了！中國大夫醫好了！」

另一半在對我女兒誇獎她爸爸簡直是神仙下凡。

各人掏出皮包要給我錢，女兒急着解釋我不是醫生，是個畫家，不要錢……

「那麼！我們大家去吃一點什麼……」

「我在畫畫，沒有時間吃東西。謝謝！謝謝！謝謝……」

花之聖母大教堂

他們走了。我繼續畫我的小巷仔。

這當然使我得意了好幾天。

我不能和雷鋒比，他風格高，做了好事一點都不說出來，只清清楚楚寫在日記裏。

我一回到住所就對幾個中國留學生吹牛，描述得天花亂墜。

說句不怕臉紅的話，我還寫信到香港告訴我的好朋友們。惟恐天下人不知，風格低到極點。

毛主席《紀念白求恩》一文中就問過大家：

「這是什麼精神？這是國際主義的精神，這是共產主義的精神……」

我這個算個什麼精神呢？快樂精神，好玩精神！

說老實話，這有什麼精神好算呢？不過遇到一件有意思的事情而已。

羅馬孔多蒂街的古老咖啡館格萊可

婀娜河上的美麗項鏈

老橋很老了，不曉得是哪年建立的，只聽說一三三三年給一場大水沖走，原來是座木橋。十二年後改建成結實的石橋直到如今。

橋兩邊各有一排房子，原來是擺賣牛羊豬魚肉檔口，後來梅蒂奇大公下命令改為金銀珠寶首飾的買賣街，這才使得老橋的身價一下子飛升起來。

馬可·波羅一三二四年逝世，活了七十歲。他老人家在中國元世祖那裏做了二十多年官，卻還沒有福氣見到這座木橋變成石橋哩！

每天從早到晚都擠滿了遊客。為了翡冷翠，為了這座橋，全世界紳士淑女、流氓阿飛務必都要到這兒來站一站，照張相；買不買鋪子裏的東西倒在其次。

鋪子裏的東西不是隨便說買就買的。你得有膽量走進去，還得有臉皮走出來。聽說「玉婆」伊麗莎白·泰勒從這裏買走一粒鑽石，四顆蠶豆加起來那麼大小。

有時我從橋上經過時，免不了也朝櫥窗裏望望。停下來自我對話：

「怎麼？買不買一兩件送給老婆？」

「這個人不喜歡這類玩意！」

「可以假定她喜歡嘛！」

「喜歡，我也沒有這大筆閒錢！」

「假定有這筆閒錢。」

「你認為我真有嗎？」

「為什麼不可以假定？」

「哈！哈！有這閒錢，幹嗎買這類東西？」

說老實話，我比老婆還喜歡欣賞首飾，但不一定在老橋。老橋的首飾只是質料名貴，為着旅遊人的口味，創意方面膽子較小。翡冷翠有的是好創意的首飾店，在小巷裏頭的一些幽暗的作坊裏，人都長得比較清秀或古怪，男女參半，脾氣與常人有別；看儘管看，可別希望她或他對你有殷勤的招呼。

他們的作品全係手工，見到不經意或粗糙的地方，這正是妙處，有如中國大寫意水墨畫的揮灑。

在老橋上散步，是在體會和享受一種特殊的情調。古橋上，蜂擁着詩意滿面的現代人。人可以從不作詩甚至從不讀詩，到某種時候，居然臉上會出現詩的感應。歷史悠久的橋上或

故鄉的虹橋

是好山水間，人的善良願望找到了歸宿。再惡的人也遊山玩水，油然而生詩情時，也會來兩句詩。這和信教的上教堂禮拜、懺悔是一樣的意思，只是花樣多一點而已。

老橋更適宜遠看與回味。早晨，陽光最初一瞥的燦爛；晚上，滿眼夢境的光閃。冬天，下了雪的橋上的誇張的熱鬧；春天橋上的花；秋天被風吹起的衣裾；夏天，一個赤裸粗獷的澡堂……

梅蒂奇家族在意大利文化的巨大貢獻，對這座橋的命運的指點只是滄海一粟。要是老橋還在賣牛羊肉，眾人會眷戀到如此程度嗎？

說來慚愧，我的家鄉也有過這麼一座橋，名為「虹橋」。比起老橋，形勢規模，要巍峨多了。遺憾的是，全國解放兩三年後，為了方便交通，改成一座公路橋。「泯然眾人矣」！

一九五〇年我從香港回家鄉探親的時候還為它照過一張相，是爬在萬壽宮背後的觀景山半山上拍的。那時，母親才五十多歲，五弟六弟還在家鄉，堂妹永莊還未出嫁，表妹朝慧還是小孩。……變革的風雨雷霆還沒到達這座遙遠山城，一切和古時一樣，太陽每天照着石頭城牆，大街小巷都是石板路，兩旁安靜的白石灰牆上蔓伸着石榴、木香、十姊妹和薜荔花果的枝藤。八年抗戰和解放戰爭失掉上萬青年的這座小城，人們喘息未定，靜悄悄的窮困和斷腸，哀哀欲絕的延續……

虹橋上原來賣紙札玩貨、糖食糕點、繡花鞋樣和門神喜錢、書畫文具、漢苗草藥……都沒有了，疏落的幾個賣乾果草鞋的老太太在輕聲聊天。

翡冷翠老橋

翡冷翠老橋
86.7.30

照我小時候的記憶，虹橋上二十八間正式的鋪面，上面兩層通風的瓦頂飛簷。鋪面的背後掛着高高低低的數不清的生活起居的小屋，上下游河兩岸行人都能看得到小竹竿晾出的紅衣綠褲和婦女們一閃而過的內室生活。

端午節划龍船，河兩岸人群沸騰，橋上小屋上上下下更是擠滿了笑鬧的彩色點子。

鳳凰是座山城，政治和經濟生活僅夠跟空氣與泉水平衡。青年們要有出息都得往外闖，闖出了名堂的人大多不再回來。

只有意大利才會出現梅蒂奇和梅蒂奇家族。沒有人，沒有權力、智慧和愛心，該有的不會有；已有的也會失落。

鳳凰縣城的孩子現在只能從傳説裏知道橋上曾經有過許多房子了。再過多少年，老人們都不在的時候，連故事也就湮沒了。

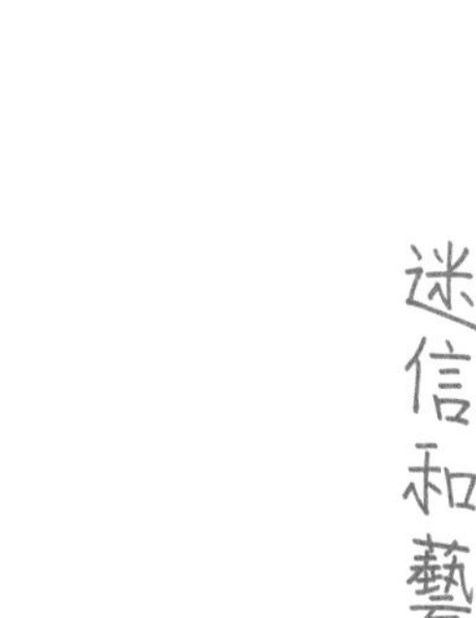

這一天，我坐在面對着老宮的一家半露天靠街的咖啡館裏，隔兩個鐘頭叫一杯飲料，令老闆沒有話説，慢慢地畫起畫來。

近處是左右兩行商店，過去就是廣場，然後是老宮，看得到屹立的大衞。

我這張畫看不到廣場更左邊的安摩納一五六三年雕的海神像，後人都不喜歡這件作品，説他「糟蹋了那麼好的白石頭」，這是很不公道的。

海神像形神兼備，十分精彩，粗獷中的沉思，再加上八座銅鑄的半羊半人莎蒂羅神和噴泉不息的飛舞，很少有人不受感動的。人的劣根往往不明就裏，人云亦云，明明受惠，還要跟人起鬨。

説到莎蒂羅半人半羊神，我是非常着迷的。表情深刻而幽默，動態的細膩微妙，造型上極有手段、有選擇地誇張，那麼新的美學見解，都令我難以相信這是與我們明朝嘉靖同時代的頭腦和手藝。

欣賞藝術品的水平進展，總是先用耳朵後用眼睛，再用腦子的。

大家這麼說，權威這麼說，聽多了，看多了，有點專業經驗，再用腦子想一想，形成自己的見解。自然也有抱着別人的偏見終老一生的人，樣子還頗為得意。

比如說《大衛》——米開朗琪羅這個大權威的大傑作，和安摩納的《海神》比較，說到名氣，安摩納就矮了半截，就作品來說，海神的雄渾、流暢；大衛的剽悍、英俊，都是各見功夫的。如果挑剔，倒是大衛可說的多些。大衛的腦袋、脖子和身子的關係，似乎連接得不太理想，鼻子和眼睛像是用車床車出來的，擠在一塊頗不舒展，也顯得單薄，顏面骨和下巴的關係那麼一瀉而下也顯得突然。這都是美中不足的地方。注意起來不自在。雖然他是那麼活靈活現，風神透脫。

忽然下雨了，幸好上頭有篷子，遠遠的廣場和近街地面開始出現雨水的反光，令我十分開心。

看看那些幾萬里之外奔赴而來的善男信女，為了過去的菩薩、今天的藝術品，虔誠地在意大利四處亂竄，只為了將有限時日的、人的價值和自己的素質提高，捱日曬，捱風吹，捱乾渴飢餓；下起大雨，滿身透濕地躲在別人屋簷下發抖……

有時，我不免對自己國家的文化這個東西產生虛無主義的寥落之感。

近代史中，龔定庵、魏源、譚嗣同、康有為、梁啟超、張之洞、章太炎，大義是深明的，理論上脫離實際，效果只成為中國大地上空的天籟。「五四」打倒孔家店，也肢解了文化傳統。所剩無幾的供入廟堂，變做「重點文物保護單位」、「遊覽勝地」；老人本身也成為「重

聖約里亞廣場
近處為海神像

點文物」。留在世上供人瞻仰的就是這些活的「重點文物」研究死的「重點文物」的諸般活動。

孫中山的「三民主義」不見在文化藝術上有系統的主張。偉大的蔡元培的理想卻因自己開闊胸懷容納下的各路山頭兵馬攪得顛三倒四。勢如破竹，倒瀉籮蟹，不可收拾。

家母曾是鳳凰縣第一任中國共產黨宣傳部長，一九二七年之前的兩三年，她即帶領着人馬大打菩薩，並跟持不同意見的人吵架相罵。「五卅慘案」紀念日，她自己化裝成紅眉毛綠眼睛的外國人，一手提着彷彿裝滿血液的煤油桶，一手捏着把木製沾滿人民鮮血的大斫刀，跟幾個同樣面容猙獰的同志，走在遊行隊伍的前列。顏色塗在臉上幾天也洗不掉，使幼小的鄙人十分害怕。

打菩薩和破壞其他文化藝術已成為習慣，毫不手軟。

解放初期，華南的文學藝術掌門人、華南文藝學院院長歐陽山，因為擴充校舍，動員全院師生把光孝寺所有的唐宋以來的大小菩薩砸得精光。一兩丈高的大菩薩用粗麻繩捆着腦袋幾十個人喊着勞動號子往前拉，直到一座座菩薩徹底倒下完事。那時的學生今天不少都當了局長部長，提起這些壯舉，至今還開口生津，眉飛色舞。

「文化大革命」，中央美術學院造反派搬出徐悲鴻以迄，歷年購藏的唐、宋、元、明雕塑珍品，包括徐悲鴻千辛萬苦從國外帶回的著名雕刻名作複製品，堆在大操場。舊曆六月天氣，烈日當空，把我們這一幫活「四舊」驅成一個圓圈圍着這堆死「四舊」跪下來。然後點

老宮前街。下雨了。

起大火，四五十米高的火焰令上千的外圍的革命群眾心情熱烈亢奮，高唱革命歌曲，踢我們的背脊和屁股，鼓舞我們露一手「鳳凰涅槃」的把式。

「大破大立，不破不立，破字當頭，立在其中」。這是毛主席講「破」的口訣。「破」的實際，從人到物，我們都嘗過它的滋味了，只是不明白「立在其中」是個什麼意思？

直到最近這幾年，我們中國人才心肝寶貝地重視起今古文化藝術品，形成一個「確實把群眾發動起來了」的群眾運動。為什麼連挖祖墳盜墓的體育活動都盛行開展起來了呢。因為值錢，可以發家致富，「錢」，搖醒了整個朝野，真過癮！

不管文藝復興時期或前或後，外國的皇帝和封建主都有個不成文規矩，打仗歸打仗，攻陷城池，謀財害命，絕不毀壞藝術珍品；甚至拿破侖、墨索里尼、希特勒，都流露過對文化藝術的愛好的修養。

我們破除迷信如給嬰兒洗澡，洗完之後，連水帶嬰兒都倒掉了。

歐洲、中東、亞洲的進步，比如意大利、日本，原模原樣的迷信品轉化為世界藝術珍品；宗教活動繼續順利進行，老百姓的日子好像過得不壞。

打菩薩、買賣菩薩我們是最徹底的。還在告窮，「立」不「在其中」的原因，可能是菩薩生氣了，不肯保佑吧？

我在翡冷翠老宮前街上

大浪淘沙

抗戰八年，日本人在後頭追，老百姓跟着政府在前頭跑，天涯海角，南腔北調，地球一大部分人的大遊徙，不能不影響人文和生態，只是這些學問離我稍遠，顧不得去理它。

一個歷史的變化，政治的拚搏，總是為了人的進步才好；摸不着也要讓人看得見；看不見也要讓人盼得到。連盼都不想盼了，你能說還指望什麼？

薄伽丘的《十日談》跟當政（宗教力量）開玩笑的膽子不可謂不大，但寫到第四第五天之後（那是幾十個故事和許多年時光），戰鬥氣息逐漸減弱而變得小心起來；一個戰鬥者害怕的孤獨感終於出現了，甚至決定要燒掉這部書，幸好他的好朋友大詩人彼德拉克的勸阻搶救。要相信、要承認有一種使戰鬥者「孤獨」的幽靈朝夕窺視的可怕力量。它滲透在任何歷史時期任何人，任何性質的感情中。

戰勝孤獨，比戰勝離別艱難。偉大如薄伽丘也怕。

《十日談》插圖

. . . servants of their bellies . . . (page 27.)

抗戰八年千萬中國人流離失所卻沒有孤獨感。大家苦在一塊，「相濡以沫」也「相忘於江湖」，都不在乎。要聚就聚，要散就散。捱苦受累甚至上當受騙，炮彈臨頭飽嘗人間辛酸，在夾縫中求歡樂，得溫飽，一天又一天，靠盼望過日子。明白是日本鬼子跟我們打仗。且能感覺到某種好過點的東西越來越近，忽然一天恍然大悟原來「勝利」到來，盼的就是這個東西！日本投降。

盼望，為了團聚，重整家園，修復創傷。

如果不介意的話，容我講兩三個毫不相干的故事。

他怎麼認識他太太的呢？四十年代，抗戰還差三年結束。有一天他在桂林鄉下趕路，匆忙進入路邊的茅廁。他蹲了半個鐘頭，痛恨自己身邊除了有限的鈔票之外，竟然忘了帶紙。這位上海長大的書呆子死也不肯用泥塊磚頭和樹葉解急。好不容易路過一位女士。他厚着臉皮求告，女士隔着破葦席子遞給他一張包東西的草紙。

她是本村的小學教員。雙方由此認識，而來往，而結婚。生活辛苦，但情感美滿。過去四五十年，歷盡煎熬，兒女都長大成人，有了安穩的工作。兩人的確也都舉案齊眉白頭到老。只是，除了好朋友，他們很少公開這個難以啟齒的「戀愛經過」。太荒謬，太不近人情，也算不得什麼悲劇和喜劇，簡直不成戲文，跟「抗戰」的意義和理論上的「階級鬥爭」都掛不上鉤。只是一樣，如果不是抗戰，廣西姓王的少女是絕對不會嫁給上海姓劉的少男的。

五十年代末期，三年災荒，我認識一對因某種理由住在農村的夫婦，他們有太多孩子，七個；且大都是女孩。一般說來，女孩乖，懂事、體貼人。

倒數第三個女孩才四歲，餓倒了。什麼病都沒有，就是起不來。一天、三天、五天……父母和其他的孩子白天晚上的忙。雖然所有的孩子都還活着……

半夜，四歲的女孩忽然要爸爸。

爸爸坐在床沿上。

「爸，你講下廣州城……」

爸爸說：「……囡囡病好了，哪一天爸爸帶囡囡去廣州中山五路看外婆。中山五路有電影院，天天放好看的電影；還有中山公園，很多花，很多鳥唱歌……」

「爸，不講電影，不要花，不要鳥唱歌……」

「呵！好！中山五路有占元閣茶樓，蓮蓉包、蝦餃燒賣、咖喱角。公園前賣桂林米粉，好鮮的湯味，一碗又一碗……攤檔還賣椰子酸薑，又甜、又酸、又辣……」

「不要酸薑，爸……不要……」

一切歸於靜寂。

「她怎麼啦？」媽媽問。

「……走了……」爸爸噓了一口氣。

她來到世上才四年，又匆匆走了。那時候，一般說，家裏發生這類事，是沒有人哭的。

「文化大革命」期間，我有幾段漫長時期不能自由。恰好梁山好漢的數目，一百零八個人被關在中央美術學院版畫系長長的過道裏，兩頭用粗木柱釘成牢門，早晚上鎖，難得舒展。要稍許的自由，只有裝病。我裝的是慢性傳染性肝炎，經常到醫院就診。一去一兩個鐘頭，換換空氣口味也好。

醫院裏有我的熟人，他很謹慎，給一些方便和照顧之外從不給我看病，免得在這樣的時候拉上不必要的瓜葛。

這樣月復一月地過去。

大冷天的一個晚上，我照例去「看病」，候診室人太多，多年習慣了的消毒藥水味道永遠令人不安，昏昏欲睡。

「走吧！我帶你去看一個人。」

在「觀察房」停着一個快死的女孩。十七或十八歲。朋友輕輕提醒我：「看她多美！」女孩跟她身上的白布一樣，瑩澈得像一座大理石聖母雕像。黑頭髮散滿枕頭。偏着頭輕微喘着氣，是她最後的時刻了。她眼望虛茫，隱約悽楚地淺笑，額角有幾顆汗珠……

「父親被打死了，母親自殺，只剩下外婆。自己又得了血癌……」醫生輕輕地告訴我。

一個美麗的軀體承擔那麼深重的絕望啊！

太平年月，她正當穿花衣花裙的年齡，她應該在河邊草地上唱歌，她應該收到許多靦腆的男孩子的情書……

我們心中的聖燭

面對她坐着，她不知我是誰。爺爺還是摩西？

我一生從來沒有見過這麼從容安靜的孩子，美得令我那麼傷心……

這些零零碎碎的回憶發生在不同的年月。無可奈何的巧合蘊含着諧謔與悽愴；千百萬善良而信任的心靈卻如此創痕淵深。

「為什麼？」你問我，我問誰呢？

文藝復興到現在，幾百年過去了。我忽然醒悟這些故事是否是一場夢？在非洲，千萬孩子們餓成活骷髏，某些廣場成為屠場……好像，我們的歷史火車什麼部位零件出了毛病，又往回開了。

文藝復興時期開始描繪的聖母、聖嬰、天使可愛而理想的形象，真的只能是天上才有的嗎？想起了李怡那天說過的話：「……『文化大革命』那時候，他們，大人做着小孩子的事；小孩子做着大人的事！」

無始無終，哭笑不得，顛三倒四，連盼望的心境也陷入迷茫。

為了太陽，我才來到這個世界。

愛情傳說

前幾天跟朋友聊天，暢談而至章太炎先生時，引發出一些故事。

那是因為朋友問起我意大利婚姻和男女關係，把我當做「意大利通」而出現的形勢。

世界上亂子常就出在盲目相信和強自做大身上。我上意大利只是過了半年日子，大部分時間都在畫畫；文字語言一竅不通，遑論意大利這個那個？朋友不管這些。

我的一個多年認識而不算朋友的熟人，因為公事經過巴黎住了九天，他那個寶貝兒子便到處對人說：「我爸爸在巴黎……」引得北京一小堆、一小堆的人傳為笑談。其實不太好笑；可憐而已。那兒子若在香港，見人天天出出進進，便不覺爸爸特別可圈可點了，即使仍覺得可圈可點，恐怕也只能「燜」在心裏暗暗高興。

這麼一串子想下去，我就提到伍朝樞先生的尊翁伍廷芳先生逝世用的是火葬的事。伍朝樞告訴太炎先生：「我爸爸逝世用的是火葬，算得是中國自古以來第一個用火葬儀式的人了。」

太炎先生冷冷地回答他：「不然！武大郎就是火葬！」

愛情傳說

大家哈哈一笑，由武大郎再回溯到太炎先生的婚姻……

太炎先生死了王夫人之後在報上登啟事徵婚……不要小腳，懂文章，講平等，可離婚，丈夫死了可再嫁，比較苛嚴的只有一點，要湖北人。這條頗令人想不通。

太炎先生在七十八年前有這樣的思想，今天看來也算十分之開通勇敢了；居然湯國梨女士脱穎而入地報了名且得到錄取，跟太炎先生風雨同舟，和諧終老，可真是出類拔萃之極。

再才談到意大利的婚姻和男女問題。

我接觸意大利朋友的機會不多，知識也就難得。一般看來他們的家庭也都是快快樂樂的。因為天主教的緣故，離婚看來比別處困難。不過也有離婚，準備離婚的雙方各人偶爾帶着異性朋友在某個場合見面的事我也是見過的，自自然然，沒有擺出仇人相見的架勢，在我們中國人看來就不太習慣。

我女兒、女婿有個朋友，他爸爸開航空公司的，由他管理業務。他每年送我女兒、女婿兩張翡冷翠到香港的來回票，條件是換一張我畫的小小的畫。年年如此。

有一年，我女兒、女婿自己買票回來了，說是那小子拋開他老婆跑了。

跑是跑了，我女兒、女婿卻不停地收到他從不注明地址的地方寄來的賀年片，有時附幾句話：「……和女朋友新添了一個女兒……」

他的父親暴跳如雷，眼看這個獨子丟下業務不管，卻不知躲在哪裏……

這個年輕人我見過，胖胖的，笑眯眯的，一頭濃密黑髮，雙眼看人，十分誠懇。

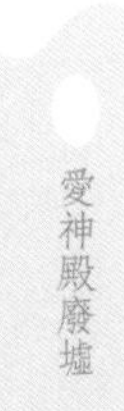

愛神殿廢墟

現代意大利人寫書的喜歡説本國人對婚姻和愛情生活嚴肅而忠貞，我是相信的。連莎士比亞也這麼説嘛！是不是？

但薄伽丘一連串對婚姻與愛情生活的調皮搗蛋故事，我也是相信的。

貞節烈女雖有牌坊，風流娘們兒卻有口碑，兩樣都是萬古流芳的。

路易吉．巴爾齊尼就説過：「妻子接待情夫越來越慷慨大方，滿不在乎。丈夫在處理綠帽子問題上不得不更現實些、文明些，少採用一些流血的方式……」

他還説到一些故事，大約是：

十九世紀的帕帕多波利伯爵的夫人是個威尼斯遠近聞名的美人。有一晚做丈夫的就聽見床底下有人翻身和打呼嚕的聲音，居然毫不動容。第二天清早吃早餐的時候，他端了一杯咖啡送到床底下，親切地問那位不敢露面的「野男人」：「你喝咖啡放不放糖？」

一八六一年當第二屆意大利首相的貝蒂諾．里卡索利伯爵帶着年輕的太太安娜．波娜科爾西到翡冷翠參加舞會，眼看着年輕俊美的男士在引誘他的太太，馬上帶她走出舞會，叫車夫把馬車駕到布羅里奧他的老城堡那兒去，從此兩夫婦住在那裏直到終老。

布羅里奧地方很荒涼，樹少，只能栽培上好的葡萄。伯爵在那裏研製出一種用白葡萄和紅葡萄混合兩

再會吧！威尼斯
八六年七月
十日 黃永玉

次發酵的、至今保持祕方的名酒，用這種堅定特殊方式維護了家族的清白名譽。

中國在愛情和夫婦關係上屬於「性靈派」；偏重於名譽和精神。四川好多年前有一位軍閥，知道小老婆跟自己的隨身馬弁搞上了，叫他們兩個前來，當着眾人面前說：「從此你（小老婆）跟他（馬弁）了！」還撥了花園的一間小屋給他們倆。但當馬弁不在家的時候，軍閥卻偷偷走去跟小老婆幽會。

祕書看不順眼，問他何苦如此？

軍閥說：「他要老子戴綠帽；老子也讓他戴綠帽！」

這種邏輯，不知外國有沒有？

薄伽丘《十日談》第二日插圖

羅馬，最初的黃昏

有幾天我們去了羅馬，在附近一個小城阿里阿羅看望我兒子十幾年前的雕塑老師維吉里奧．莫塔和師母弗蘭卡。除了羅馬城裏有一間祖傳的金銀手工作坊外，在阿里阿羅他們親手建設起來這座莊園。

地窖很寬廣，是鑄造作坊。地面上有麻石鋪就的客廳、餐室、工作室和不少卧室。粗大的木樓梯上去是書房兼陳列自己作品的精致套間。

養着一些貓，一隻大狗名叫布隆多，毛粗得像麻繩，平日在家裏看門，一年幾次地跟人上山打野豬。布隆多粗魯得像李逵，也懂得人的細膩情感。此外還有一些雞鴨、火雞、一隻其大無比的肉豬；一匹自由放蕩、愛唱愛鬧、一事不做的毛驢安東尼亞女士。

園子裏栽了葡萄、橄欖和其他果樹，還有瓜豆蔬菜。

（羅馬）西班牙階梯

羅馬

維吉里奧的金屬雕刻行當是祖傳。祖輩為國王家族製造金銀飾品和皇冠，傳到維吉里奧．莫塔時，也曾經為歐洲剩下的幾個小國王做過皇冠，大部分轉業為總統、總理服務了。定期做些金銀雕塑國家禮品。

要不親眼看見，你難以相信一個人的技巧智慧會達到這種程度。羅馬城中所有的巨型紀念塔上的雕塑，他頃刻能用蠟捏造出來，一寸或一尺隨心所欲，神氣不差毫釐。

我兒子跟了他一年，被他們家裏當做親兒子疼愛，每天做好吃的飯菜，連衣服都不准他自己洗。一年後，兒子去米蘭上工業藝術設計學院前夕，他們還哭了一場。

這已是很多年以前的事了，往事如夢如煙……

這一次我們又去他家住了好幾天，見到許多新老朋友，純意大利式的生活和交情。熱烈真摯，白天晚上，有如過年。友朋的相處的溫暖，最接近「感激」的心情和詩意了！

有一天維吉里奧．莫塔說要開車帶我、他太太的弟弟和我的兒子黑蠻去一個地方。我也聽不清他說的是個什麼地方，兒子的脾氣是不狠狠砸他一錘子是不說話的，於是信着莫塔在坑坑窪窪裏、山溝裏亂竄，心裏揣度目的地不會有太多的文明可看了……或是，他要為我實踐打野豬的諾言？

行行重行行，我瞌睡反覆，停在一個野氣十足的山下，下車上山。一個鐘頭或是兩個鐘頭，來到一批古舊得像火山熔岩凝固的、敗落到底的房屋群面前。

幾百年大樹奪門而入再穿窗而出，繚繞迴環，四圍安靜如水，景象森穆莊嚴。原來是羅

維吉里奧·莫塔和他的安東尼亞女士

維吉里奧·莫塔祖傳的金銀雕刻作坊

馬前文化時期的遺址，算算一兩千年了。居然還有高與樹齊的石建人工水渠。半圓形的斗拱頂着一條巨大的管道。作為羅馬人的子孫，是意大利人的驕傲，作為人類的子孫，我們大家都有份的驕傲。

寫這段文章時我見了鬼，把這座山的名字忘了。

再走上去，一批文藝復興時期的建築，住屋和教堂，也都坍毀得不三不四。高山平坡上，殘陽夕照下一座教堂，屋頂也沒有了，還說是文藝復興晚期的貝利尼設計的。貝利尼這家伙好了得，是《阿波羅和達菲利婭》那座著名雕塑的作者。

在這荒無人煙的山坡上蓋那麼大的教堂幹什麼？誰來做禮拜？神父豈不落寞不堪？也可能當時住過很多人，因為戰爭、鼠疫之類的不幸，人都失落了……

匆忙地擺起畫架，用短跑家的速度，畫了一張畫，取了《羅馬，最初的黃昏》這個題目。題目是我心靈的感應，畫的是幾百年前的教堂，心裏想的是羅馬前期文化。說切題也可以，說不切題也可以，是我自己的事。

寫到這裏，記起這地區了，它名叫依特魯斯坎，屬於拉香省管轄。

畫完畫，大家一齊回家。疲乏，沒什麼值得說的。

在那座山上坐着畫畫的時候，想起我在北京的一些日子。時常和家人或是朋友到十三陵那些沒有人理睬的廢陵去玩。

我們自己開車，把車子停在廢陵的門口，搬出茶具和氈子席子，鎖上車門，一直走進杳

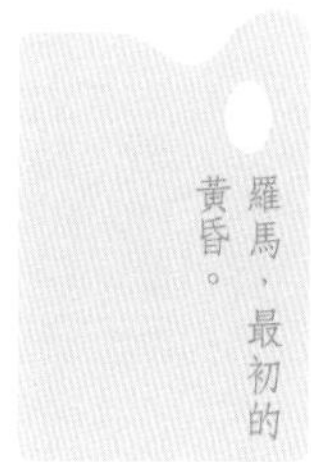

羅馬，最初的黃昏。

無人跡的陵園裏去。

數代豪華，隱沒在荒草頹垣、亂鴉斜日裏。松柏肅殺，牌坊和石雕的祭壇供桌，山影似的遠處高聳的陵殿，都令我覺得在跟當年的皇上聊天神會的感覺。靜得很，偶爾才一兩聲鳥叫。

我常去的有康陵、泰陵、憲陵……這都是只有放羊人才去的地方。

好朋友到訪，不管男女，都要開車陪他們到那兒去坐坐，喝杯茶。其中有些朋友深沉地認為，這是他一生最重要的品味；另一些朋友事後告訴別的朋友：「黃永玉開車帶我們上那種地方去，斷牆斷瓦，坐沒個坐處，鋪張席子在地上，還興致盎然地請人喝茶，那種地方，誰還喝得下茶去？無聊！」

唉！朋友跟朋友可不一樣。

羅馬鬥獸場全景

什麼叫公園

記得解放初期，某位大詩人仗着跟毛澤東主席的幾十年友誼，要毛把頤和園偌大的地方送給他。毛縱然是國家主席也免不了嚇一大跳，這哪裏送得起呢？也顯得這位詩人十分天真，畢竟是個只會作詩的詩人。

《北史》《景穆十二王傳》說：「任城王澄表減公園之地，以給無業」，那時「公園」怕也只是「官地」，沒有把現在的「公園」一塊塊分給窮老百姓的意思。要真分了，豈不鬧得天翻地覆？反過來一想，一個詩人要頤和園這麼大的地方幹嗎？他管得了、住得下、養得起嗎？

真正的公園我也不知道從哪裏說起，培根有一篇《論花園》的文章，說的是花園設計，和我現在的想法關係不大。「樂遊苑」，算不算比較早的地方呢？漢宣帝的神爵三年（公元前五十九年）起「樂遊苑」，那地方在長安南邊最高的地方，可以欣賞城裏的街道景致，原來既然叫做「樂遊苑」，大概應屬於「御花園」的範圍。八百多年後唐朝的李白的詞裏已經是「樂遊原上清秋節」，自然而然地成為當時老百姓搞「晨運」、「燒烤」的天然公園了。

鄙人七十年代初勞改下放三年，最初一年多在河北磁縣，勞動於十幾里的臨漳河一帶。提起這條河可是大大有名。戰國時代的魏國人西門豹的《河伯娶婦》故事就是在這裏演出的。曹魏的阿瞞先生在這裏練過水軍；既淹得死良家婦女和巫婆，又練得了強大的水軍，應該算得湯而汪之的大河了，不然，兩千多年後的漳河水深已不過膝，鄙人那時官居「草藥組長」，隨便拉着滿載「旋覆」黃花的雙輪板車涉水過河已十分輕鬆。《西門豹治鄴》的這座「鄴城」，變成幾十戶人家的小村莊，除了小學教員之外，誰也不清楚自己這塊土地上發生過那麼驚天動地的事情！

「銅雀臺」也在村子外頭西北另一個更小的村子邊上。建安十五年（公元

頤和園冬景

二百一十年）曹操在漳河邊蓋了座「銅雀臺」，三年之後加了一座「金虎臺」，後來又弄了座「冰井臺」，一共在三個山上接連蓋了三座宮殿。養了千百個宮妃侍女和招待來賓的「文工團」，可以想象其規模和氣派之偉大。眼前呢！只剩下二十來公尺高的一個半土墩子，土墩子上有座極勉強的小學，坡下一座後來不知什麼時代留下的坍毀的廟門和半截老樹。廟門洞左側地面豎躺着一段兩公尺左右的青石龍頭雕刻，遠不過明代，算是頗為式微的藝術文物了。

眼前這樣的面目和架勢，別說「銅雀春深鎖二喬」，我看連坡上的兩三個小學村童也都「鎖」不住的。

惟一留下的紀念是這可憐可憫的小村子的名字還叫做「三臺」。

這裏要成為「公園」或旅遊點是根本不可能的。一切都灰飛煙滅，徹底完蛋，「以給無業」也沒有人要。

這就讓我想起要有資格成為今天的「公園」，還得具備一定的條件。

漳河沒有了，銅雀臺沒有了，連「規恢三百餘里，閣道通驪山八百餘里」的阿房宮都沒有了。變成農田，變成荒地，自自然然。「楚王臺榭空山丘」！一點也不奇怪。

圓明園，英法聯軍燒剩了幾根石頭柱子。燒剩幾根柱子也好；總比「大煉鋼鐵」時期燒得「一根雞巴毛也不剩」（河北農民評語）好得多。

鄙人倒是雙手擁護贊成做皇帝、做總統、做第一把手的多蓋宮殿別墅，樓、堂、館、所，要多講究就怎麼講究，要多闊氣就怎麼闊氣；貫徹再接再厲、前赴後繼、一往直前、奮不顧

圓明園廢墟

身的精神，踏踏實實，不怕傾家蕩產地做下去。這有個好處，既照顧了皇帝、總統和第一把手的「眼前利益」，也庇蔭了老百姓的「長遠利益」。這批建築遲早會變成頤和園、天壇、中山公園、勞動人民文化宮「回到人民手中」。

歐洲、亞洲、中東，這樣的正反例子多的是。希臘、羅馬，皇帝、將軍大打其仗，總是遵守着一定的「比賽規則」：「殺人，不毀物」。人死了成為古人，卻留下了搬不走的東西。財不盡，民再窮也還翻得了身。

連菲律賓的馬科斯夫人，也鼓着一肚子氣在首都馬尼拉蓋了許多令人難忘的、有益社會的公共建築和文化殿堂。

最混蛋的是那個埃及的末代皇帝法魯克和越南的保大。百分之百的頭號「二世祖」，超級花花公子，狂嫖濫賭，到處玩樂，無惡不作，花光祖業完事……

（法魯克雖然是個混蛋，他倒是說過一段頗有預見性的行話：再過幾十年，世界最後只剩下一個皇帝，那就是橋牌中的「老K」！）

世上沒有梅蒂奇，沒有慈禧和她上幾代「先帝爺」，沒有路易王朝，沒有沙皇……我們會少多少公園和遊覽勝地？

我始終弄不清公園的來歷。比如說，像找純種狗一樣，弄一兩座跟封建王朝毫不掛連的純種公園出來讓我見識見識。

不是公園，卻硬說是公園的事我倒知道不少，我知道大家都不想聽。不說了！

原來也是梅蒂奇家的公園一角

好笑和不好笑

說是世界上哪一國人民最會開玩笑，最富於幽默感，最會挖苦人，那是不一定的。時代的演衍，趣味的升騰，促使人們的心情這樣那樣；甚至因為某個統治者不喜歡隨便開玩笑令整個時代嚴肅起來的情況也都經常發生。隨便下斷語總是靠不住的。

所謂的「嚴肅」，其實多是表面現象。幽默感和滑稽狀態的火花有時甚至出現在政治陷阱的邊沿。

說敖德薩人嘴巴皮刻薄世界第一，開玩笑世界第一，罵粗口的花樣世界第一，男女老少機智的普遍世界第一，一個馬車夫頂得十個伊索聰明，我不信。既然如此能耐，沒見出過哪怕是一本這類性質的書讓我開開眼界。說這話的人可能不太知道世界。全世界人開玩笑和幽默水平完全一樣，只不過窮有窮玩笑，闊有闊玩笑而已。

愛默生就說過：「人類幾乎是普遍地愛好諧趣，是自然界惟一的會開玩笑的生物……自然界萬物中最低級的不說笑話，而最高級的也不。」

「智力遇到了阻礙，期望遇到失望，智力的連貫性被打斷了，這是喜劇……」

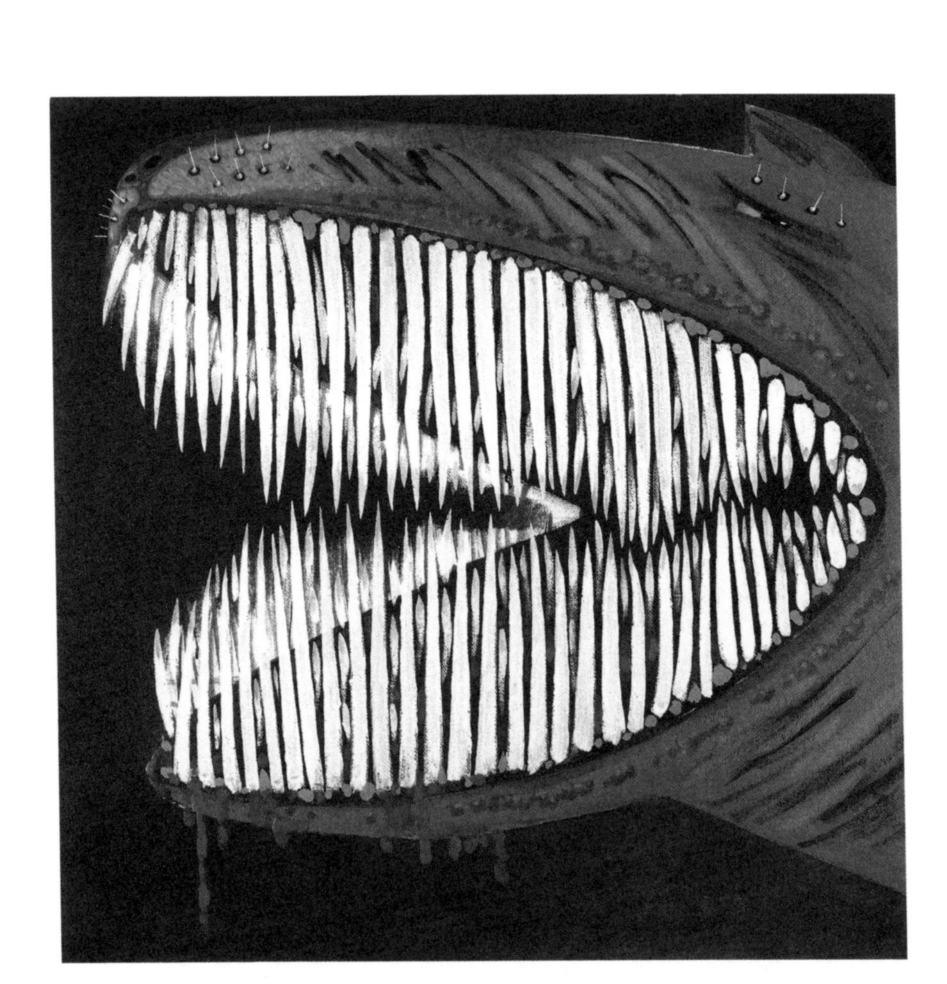

我在翡冷翠畫的賀年卡

兩三年前，在北京人大會堂散會出來遇見侯寶林，他搭我的便車一齊回招待所住處去。車裏就我們兩人，他問我，最近還教不教學生？我說早就不教了。教了三十幾年學生，一班又一班，好像做娘的把兒子奶大了，反而一口咬斷了娘的奶頭，讓人寒心……

侯寶林歎了一口氣說：「怪不得現在餵孩子改用奶瓶……」

我沒聽說過希特勒喜不喜歡聽笑話，不過我親身經歷過一段漫長的不流行講笑話的時代。偷偷地講，偷偷地笑，「運動」一來，笑過的人就會振振有詞地揭發講笑話的人的罪狀，「揭發材料」公開出來，大家從笑話內容裏挑剔政治含義，那是非常「觸及靈魂」的。

那個時代有一種「不笑的人」。梅瑞狄斯說這種人「和屍體一樣，用針刺他們也不會流出血來。讓他們笑，比讓已經從山頂滾到山谷裏的古老的灰色圓石頭再自己滾上山去還難。……恨笑者，很快就學會了把他的厭惡性質莊嚴化，把它說成是一種道德的抗議」。

這些話說得那麼中肯，一八七七年到現在一百一十四年了，好像開剝的是現在的一些人。想起這段文章還不免替梅瑞狄斯擔一點反革命言論的風險。

「四人幫」垮臺前幾個月，多少年來習慣靠嗅覺過日子的人還在尋找立功的機會，某省的一個人忽然發現一本薄薄的名叫《袖珍神學》的商務印書館出版的翻譯小冊子，認為問題嚴重，有攻擊黨中央的反動言論，便寫了一個報告給「四人幫」進行揭發，冀圖立功，「四人幫」辦公室把這封信轉給出版局，出版局轉給商務印書館黨委。商務印書館黨委都是一幫子讀書人，讀到這封揭發信真是又驚又喜，給那個寫信的積極分子的機構黨委去了一封信，

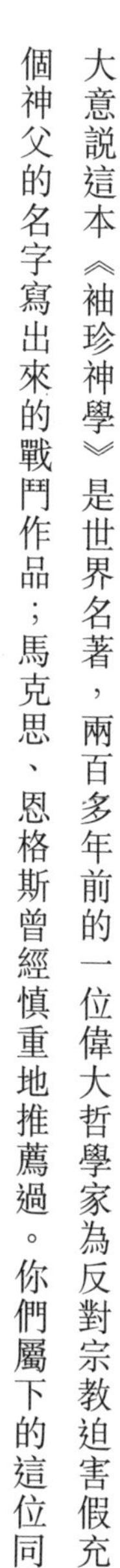

大意說這本《袖珍神學》是世界名著，兩百多年前的一位偉大哲學家為反對宗教迫害假充一個神父的名字寫出來的戰鬥作品；馬克思、恩格斯曾經慎重地推薦過。你們屬下的這位同志思想本身存在嚴重問題，陰暗思想中有不可告人的目的……應加強教育……如何，如何……某省的那人的領導機關收到這封信倒真如捱晴天霹雷，嚇得連忙向商務印書館黨委作了道歉和領導無方的書面檢查，保證好好對這位不肖幹部加強教育……我相信，那時候北京商務印書館的朋友們得到的快樂簡直是千載難逢。

意大利眼前的生活狀況好像跟政治激烈鬥爭距離得頗為遙遠，中東戰爭令他們神魂顛倒過好一陣子而又平靜下來。笑話大多流行在一種「呵癢」式的嘲諷上。他們曾經有過一位對藝術修養頗為自信的總統，於是出現過這麼一個笑話。

某年，總統到巴黎去參觀盧浮宮藝術珍品，來到印象派作品群面前。

啊！馬奈的作品！

陪同者輕輕對他說，這是莫奈的作品；

啊！雷諾阿的人像！

陪同者輕輕對他說，這是德加的作品；

啊！沒錯！這是圖魯茲·勞特累克的自畫像！

陪同者輕輕對他說：總統先生，這不是畫，是一面鏡子……

圖魯茲·勞特累克這位畫家長得又怪又矮，不知道當時總統聽到陪同人員的說明時，自己生氣還是大笑？

聰明智慧與典雅的風度同在，那便是個太平年月。

教皇烏爾班對大藝術家貝利尼的稱讚別具一格：「您有幸認識我這個教皇，我卻有幸活在偉大的貝利尼時代。」

意大利法西斯頭子墨索里尼一八八三年出生，一九四五年四月間和他剩下的幾個黨徒一起在米蘭被群眾弔死。他曾經在一九三二年對人說過一句著名的話：「什麼樣的人就會得到什麼樣的死！」

這個人騙了一輩子人，做了一輩子戲，死了也像傀儡一樣地倒掛在電線杆上。聽說他是一點玩笑也不開的，因為他本身就是個小丑。

任何一個具備豐富文化素養和幽默感的民族，並不等於說永遠不憤怒，不反抗，不殺人的；這是根本的兩碼事。

想想法國、德國、俄羅斯……以及中國這些民族，那些又厚又重的歷史……

總統和畫家

聖契米里亞諾

幾座小名城離翡冷翠都不遠，個把鐘頭了不起了。

聖契米里亞諾小雖小，卻有一百多座抵抗外侮的石堡。誰來打誰，勇敢非凡。多少多少年後畢竟給翡冷翠征服了。侵略者吃了久攻不下的苦頭，都因為石堡的緣故，把憤怒卸在石堡身上，便着手一座座拆毀它，直到現在，留下給後人的還是不少。

小城建設在山坡斜面上，景致非常。一條很窄的「大街」，羅列珍貴物品食物的商店，酒店門口站着兩三隻全鬚全尾的野豬標本，牆上掛着鹿頭以廣招徠。有上好的芝士條、牛油、麵包、鹿肉和野豬肉臘腸與火腿可以生吃；自然還有各類軟得像羽絨枕頭，硬得像噩夢般的可口麵包，以適應各類型號的牙齒和嘴巴。自然還有酒。

旁邊並列的住家小街，情調更妙，保持着百年前的原樣。崩坍處只准加固，不可修理。一個威尼斯大學中文系的女孩名叫西薇雅，他們家的度假屋就在其中的一個門裏。有一天女兒告訴我西薇雅正在寫關於我的藝術的研究論文，聽說我到翡冷翠來了，要見見我。

西薇雅是一個溫和而美麗的姑娘。燦爛極了。一對修長的丹鳳眼，端正的鼻子，快樂的

聖契米里亞諾

笑容。中國式的身材。

那時她還不會講中國話。我們大家上老宮寫生的時候，她就為我拍照，看我帶去的畫冊，在本子上做些記錄。不久她就要到北京學中文，去幾個月，再經香港回意大利。我們說好在香港家裏等她。

她走前，介紹她的父母和我們認識。見到西薇雅的父母，我知道西薇雅漂亮的當然原因了。西薇雅走了之後，我們跟她父母成為好友。他們來過我們家吃女兒做的中國菜。我們上她父母家吃意大利菜。

我認識聖契米里亞諾就是因為這有趣的交往而引起的。

有三天我們住在西薇雅在聖契米里亞諾的度假屋裏。既然晚上不為趕回翡冷翠而焦急，心情鬆散多了。白天畫畫，上街選了好幾個角度，今天這裏，明天那裏，貼着鋪子門口和廣場。在當緊的風景點畫將起來。忘記什麼，回家拿去就是。遊客不算，酒鋪、畫廊、飯店的大小都認識了。三天來參加過畫廊的一個畫展開幕酒會；看過一次大型的拍片過程，就在教堂門口，幾百人，一直繼續到深夜的燈火輝煌、樂聲大作的場面，只是利用現成巍峨的大教堂門口的那一派氣象而已。真是可遇而不可求。透藍的天空鑲滿繁星之下，不感動者幾稀！

第二天大早碰到一件掃興的事。梅溪發現演員裏有一位女主角是她所熟悉的鼎鼎大名的某某女士。其實梅溪這個人原來並不怎麼熱衷這類事的，世事難以令其感動，這當口忽然眉飛色舞起來，要去跟那位「偶像」拍照。那位女士想必也是心血來潮，擁着她，讓女兒一張

中世紀庭院。
厚實古老巨石盖成的地面和拱門。

又一張地拍到盡興為止。當然，這些相片拿回香港給朋友看的時候，會有幾句得意之筆的描述。

（回到翡冷翠，才知道女兒的相機造成了終生難以原諒的錯誤，一張也沒有拍出來。）

教堂左側斜坡進入一座中世紀庭院，厚實古老巨石蓋成的地面和拱門，幾位年輕人烘托着一個彈豎琴的朋友，穿着新潮，彈的卻是紮實之極的古典曲子。聽眾肅立或坐在石頭地上，一曲終了接着一曲，間隔時大家面面相覷，忘記了讚歎。

外牆周圍青藍色的大樹襯托着古老花崗岩建築，穆靜的聲色，藝術和宗教感情融為一體……

後來我們又去了幾次聖契米里亞諾，一次是梅溪去買了幾十個小小的古典木鏡框；一次好像是去買酒。酒鋪在半路上的修道院，下山時我們的新車給一個冒失但漂亮的女娃撞了；她很抱歉而慌張地簽了賠償契約，害我們半個多月沒有大車用。

在聖契米里亞諾我畫了兩幅塑膠彩畫。

過舊年前我回到香港。西薇雅果然在四月間經過香港回意大利，給我們家來了電話，說是已經住在一家什麼小旅館，我們讓她馬上搬來我家。女兒的房間讓她住，看起來她很開心；最初幾天我們陪她上這上那，買東西，吃飯；以後她居然可以獨自地出去了，也是帶回來一包又一包的東西。她喜歡我們的家，她說我們家有那麼多綠色的葉子。跟我們的「佩魯基諾」和「郁郁」成了好朋友；看書或寫什麼的時候，「郁郁」便會跳在沙發上跟她坐在一

起。大約住了十天半月吧！我們大家送西薇雅上飛機，她回意大利去了。這次路過香港，居然能用普通話跟我們交談，才四個多月時間，好像服食過仙丹。太神奇了！

她會唱歌嗎？一個快樂的意大利女孩怎能不唱歌呢？在我們家她一點也沒唱，大概是不好意思吧？

我們挺想念她。

張梅溪作《聖契米里亞諾遠景》

米蘭與霍大俠

我在米蘭待過不少日子。待這麼一段日子我認為夠了。雖然它有達．芬奇的《最後的晚餐》，有大教堂，我也認為夠了。論居住，我喜歡翡冷翠。

米蘭是漂亮的，華麗、崇高、典雅、飄拂着古代詩意的和風……

我畫過大教堂。

沒畫過大教堂，你不知它的厲害；膽敢在大教堂面前一站；膽敢拉開畫架；膽敢面對來來往往的看畫嚴格的路人；要不是十分地虔誠，便是要臉皮特厚，經得起冷嘲熱諷的鞭撻。

大教堂有幾部分微妙的整體組合，有繁複到家的透視關係；注意力稍有疏忽，用筆稍一懈怠，橫線不橫，直線不直，斜線不規一在透視點上，一錯百錯，馬上如在萬人觀眾面前落褲，無處藏身。

在米蘭大教堂面前寫生，是一種考試。不管平常牛皮吹起多狠，畫一張米蘭教堂便見分曉。（自然，還有一個更難的考題留在羅馬梵蒂岡廣場周圍的那一圈走廊。是一場你死我活的血肉的拚搏，有一天我終於會去試試。）

米蘭大教堂

這一天，兒子陪着我，選了個人煙稍少的街角畫將起來。三個鐘頭左右，遠遠一個要不是酒鬼便是瘋子的人，指手畫腳，連唱帶說衝我而來。

兒子說：「壞了！」馬上做戰鬥應變準備。

這人來到面前，看見我在畫畫，當面鞠了一個躬，靜悄悄地移步到我的背後看起畫來。據兒子事後告訴我，他嚴密注視，一有動作馬上就撲向敵人，絕不手軟。

直到完成，意料之內的險象並未發生。那人一直看到畫完，道了聲多謝轉身走了。沒走幾步，便又連嚷帶唱地鬧了起來。

在這裏，我長了一個見識，連瘋子都是尊重藝術的。

收拾了畫具，搭電車上畫家霍剛住處去，他那裏今晚有一個家宴；我們一家，上海來的女聲樂家，原住在這裏的男聲樂家……

霍剛自己主廚。他那頓飯如何令客人從頭到尾的驚奇不已，我在以前的一篇文章裏已有詳細的描述，這裏不再累贅了。

霍剛生活在意大利已經許多年，在意大利，他是一個重要的中國畫家。單身居住在已經屬於自己的大屋子裏。每年靠創作嚴謹的新潮派繪畫過日子，非常、非常地自得其樂。

一個在中國人看來算大、意大利人看來平常的大鼻子，一頭白髮，卻穿着件套頭的鮮紅的毛衣。這是他的商標。意大利人也是見怪不怪的，但霍剛走在路上，誰都難免不回頭望他一眼。這位畫家的風度是瀟灑而自然的。

認識他快十年了，只有一樣行為是誇張的，就是他酷愛收藏唱片的習慣。火焰似的狂熱。要那麼多唱片幹什麼呢？有那麼多的耳朵去聽它們嗎，四十分鐘聽一片，保守地說，一萬多張唱片，幾輩子才聽得完？不計成本，不計路程，不計精力，為了一張張稀罕的唱片，年復一年，連老婆也耽誤了。

我在米蘭見過他，他在北京見過我，我又在翡冷翠跟他去飯館吃飯，在那個有一兩百年歷史的，我記不起名字的咖

啡館喝咖啡。他欣賞我買的皮衣，卻說自己捨不得花這些錢；唱片呢？他倒是像賭徒一樣地激情搜刮。

在意大利，沒有中國人不認識霍剛的。稱他做「霍大俠」。他有一部老車，任何一個人，不管新老，只要有求於他，無論天氣，不管路途，去二百里、三百里外；半夜三更上飛機場，他都樂於幫忙。有不良的負心朋友搬走了他的東西，他說，算了！有粗心朋友把行李寄託在他屋裏，一去幾年杳無音信，他也說：就這樣吧！人家有難！借他的車，撞壞在一個路邊，打電話叫他自己去取、去修，好友們覺得不忿，他說：沒什麼，車子反正很老了。車子老了，倒是他還在開它；他們之間相依為命。

霍剛已經很意大利化了。快樂，坦蕩。用意大利的思維生活。

我不是個搞美術理論的人，我缺乏現代繪畫的概念和分析方法，只覺得他的作品很嚴肅，很有內涵。有心人去做一番研究，一定會得出重要的成果。

這次他開車從米蘭到翡冷翠來看我，我給他找了一個不怕打呼嚕的伙伴同住。那個朋友親口拍着胸脯對我說：「我的呼嚕也很大，只要他不在乎，我是不在乎他的！」

第二天，那位朋友跟霍剛一起來到我的住處，一進門就說：「這位霍大俠的呼嚕，氣勢恢宏，我小巫見大巫，一晚上沒睡！——好家伙！我服了！服了！」

霍剛說：「在外頭睡覺不習慣，若在自己家的床上，旁聽的人就算醒着，也非逃跑不可的！」

……霍剛老弟！近來可好？

離夢躑躅——悼念風眠先生

風眠先生八月十二日上午去世了，九十二歲的高壽，是仁者的善應報。

聽到這個消息，我陷入深重的靜穆與沉思之中。

我不是林先生的學生，卻是終身默默神會的追隨者。

跟林先生認識的時間不算短了，說起一些因緣，情感聯繫更長。

儘管如此，我跟林先生的來往並不多。我自愛，也懂事；一位令人尊敬的大師的晚年藝術生涯，是需要更多自己空間和時間；勉強造訪，徒增老人情感不必要的漣漪，似乎有點殘忍。來了香港三年多，一次也沒有拜訪他老人家，倒是一些請客的場合有機會和他見面；最近的一次是他做的東；以前呢？卜少夫先生一兩次，還有誰、誰、誰，都忘記了。

前年我在大會堂的個人畫展，忽然得到他與馮小姐的光臨。使我覺得珍貴。

昨天，老人家逝世了。藝壇上留下巨人的影子。

這幾十年來，我拜會他許多次。第一次，是在一九四六年春天的杭州。

我到杭州，是去看望木刻界的老大哥章西厓。西厓是他的老學生。我那時二十二歲，滿

林風眠

身滿肚氣壯山河要做大畫家的豪勁。（天哪！林先生那時候才四十七歲，做了個算術才明白。）

西厓在杭州《東南日報》做美術編輯，我到杭州去幹什麼呢？什麼也不幹，只是想念西厓。他住在皮市巷一座講究的空房子裏，朋友到別處去了。有花園，噴水池，什麼都感動不了他，與他無關，他只住着大屋子裏的一個小套間。我去了，搬來一張行軍床，也擠在小套間裏。牆上一張西厓設計的亨德爾的《哈你老友》、《彌賽亞》大合唱海報。

大雪紛飛，我們跟一位名叫鄭邁的畫家到處逛，這一切都令我十分新鮮。我一九三七年到過杭州，一因為小，二因為路過，沒有好好看過；這一次算是玩足了。陳英士銅像，孫元良八十八師抗戰銅像使我十分佩服，居然會是真的銅汁熔鑄而成。這，接着就想到去拜會一次久已仰之的林風眠先生。

他們領我走到一個説不出地名的大柵欄木門的地方，拍了十幾下門，靜靜把門打開的是一個笑容可掬的八九歲鄉下孩子，先來一個鞠躬，背書似的把每一個字唸出來：「嘿！林，先，生，出，去了！——下，次，來，玩，啊！」他鞠了一個躬，慢慢地關上了門。

我們面面相覷，怎麼説話這個味兒？

鄭邁説，再來它一下。於是又拍門。不一會兒又是那八九歲大的老兒出來開門，説的又是那些一個字一個字的原話；然後一鞠躬笑眯眯地關上了門。

鄭邁説，這小家伙是門房的兒子，剛從鄉下來，林師母法國腔教出來的「逐客令」。

過了兩天，我們見到了林先生和師母，吃了幾塊普通的餅乾，喝了龍井茶，問起了林先生當年國立藝專在湖南沅陵的時候幫過大忙的沈從文表叔的大哥沈雲麓的情況。我回答不出。一九三七年出來一直沒有回過湘西。接着說到我的木刻，西厓開的頭，林先生和師母很有興趣地聽着，彷彿對我頗為熟悉的樣子。我不太相信他們兩位真看過我的木刻。禮貌，或是寬厚，不讓一個年輕的美術家太過失望吧！

林風眠作《荷》

那次，我見過一幅後來掛在上海南昌路屋子裏安傑利科《報佳音》臨本。傳說是趙無極為他弄的。另外的幾幅令我感動之極的林先生自己的畫，大塊大塊金黃顏色的秋天和一些彩色的山脈。

後來在北京，全國文代會或是美代會，見到我，他都要問起關於沈家大表叔的近況。因為我回湘西的次數多了，便很有些話向他報告，填補他對於湘西朋友懷念的情感。

以後我每到上海，總要去看看他老人家。

那年月，隔段時候，文化藝術界的朋友多多少少都會受到一兩次精神晃動。經熟人的安全的介紹，見了面大家便無話不談。

一九六〇年我帶着四歲的黑妮到上海去為動畫廠做設計工作，時間長了，有機會去探望一些長輩和朋友們，有的正在受苦，有的在危機邊沿，有的顛簸在政治痛苦之中，他們是林先生、馬國亮先生、巴金先生、章西厓老兄、黃裳老兄、余白墅老兄、唐大郎老兄和左巴老兄、王辛笛老兄老嫂……

馬國亮、馬思蓀先生夫婦也住在南昌街，他們跟林先生政治上相濡以沫，最是相信得過，總是由馬先生帶我們到林先生那裏去。

馬國亮先生夫婦當時所受的驚嚇令人聽來難以忍受的。我住錦江飯店，有時卻到他們家去搭鋪，把門緊緊地關上，我為他們畫畫，刻蕭邦木刻像（像，來自他家牆上的一幅小畫片），他們和孩子彈鋼琴，拉大提琴。白天，夜晚，這簡直是一種異教徒危險的禮拜儀式，

充滿着宗教的自我犧牲精神。管子有云「牆有耳，伏寇在側」的情況是隨時可能發生。這一家四口在危難中的藝術生活真是可歌可泣。馬氏夫婦一生所承擔的民族和祖國文化命運的擔子如此沉重，如此堅貞，真是炎黃子孫的驕傲。見到、想到他們這一家人，我才對於道德這個極抽象的，捉摸不定的，可以隨意解釋和歪曲的東西有了非常具體的信念。即使他在受難期間，你也彷彿可以向他「告解」，冀以得到心靈的解脱。

林先生就是跟這樣一家姓馬的家庭成為鄰居。

林先生的消息得以從他的好鄰居轉告中知道。

林先生「文化大革命」之後平反出獄，我到上海又是馬先生帶我去拜望他，一進門，這位七十多歲的老人正抱着一個差不多七八十斤的煤爐子進屋。那時，他自己一個人生活已經很久了。一個偉大的藝術家照顧着一個偉大的藝術家。

那一天，同去拜訪的有唐大郎、張樂平、章西厓、余白墅諸位老兄。因為我有一個作畫任務要走很多碼頭，路經上海，匆忙間，只給林先生帶去十來張定製的手工高麗紙，介紹了紙張的性能，便匆匆告辭了。

我們的旅行時間很長，到了末站重慶時已經除夕，回到北京，趕上了「批黑畫」。我畫的貓頭鷹是重點之一。有關貓頭鷹一案的故事已讓人宣敘了百兒八十次之多，不再贅述了。

奇怪的是有人告了密，説我到上海拜見林風眠先生的那一次是一個不平凡的「活動」，寫出了批判的大字報，説我黃某人與林風眠「煮酒論英雄」，「天下英雄惟使君與操耳」！

要追查這個小集團的活動。

我當時已經橫了心，知道一切解釋於事無補，只有一個問題想不開，心中十分生氣。在小組會上，我破了膽子申明，林先生論年齡、學術修養和許多方面，是我老師的老師，我怎麼能跟他搞什麼所謂「煮酒論英雄」活動？……簡直荒唐！

這種陷害的擴展和發揮是無恥的，後來也不見起到什麼作用。只是一直遺憾，不知驚動了林先生和其他幾位朋友沒有？

一個小小的精神十足的老頭。不介紹，你能知道他是林風眠嗎？不知道。普普通通的衣着，廣東梅縣音調的京腔，謙和可親，出語平凡，是個道不出缺點的老人。從容、堅韌地創造了近一世紀，為中國開闢了藝術思想的新天地。人去世了，受益者的藝術發展正方興未艾。

說到林風眠，很少有人能在口頭上和理論上把他跟名利連在一起。在上海有一次他對我們開自己的玩笑，說自己只是個「弄顏色玩玩的人」，是個「好色之徒」。

記得五十年代林風眠先生在北京帥府園中國美術家協會開個人畫展時，李苦禪、李可染先生每天忙不迭地到會場去「值班服務」。晚輩們不明白這是什麼道理？

可染、苦禪兩位先生高興地介紹說：「我們是林風眠老師真正的學生！」

老一輩人都有一種真誠的尊師重道的風氣。直到現在我還不明白，折磨文化和折磨老師，究竟會結出什麼奇花異果來？

林風眠先生二十出頭就當了美專校長，不問政事，畫了一輩子畫。

九十二歲的林風眠八月十二日上午十時，來到天堂門口。

「幹什麼的？身上多是鞭痕？」上帝問他。

「畫家！」林風眠回答。

一九九一年，「八·一三」之夜

林風眠作《春曉》

西耶納幻想曲

你去過西耶納嗎？來意大利怎能不去一下西耶納呢？人多次告訴我，去西耶納吧！去西耶納吧！不去，你會一輩子後悔的。

我去了。一次、兩次、三次，最後是在大冷天，我帶着畫箱，選了個角度，設想一種古典的感情，畫了一幅迷人的廣場。

西耶納！西耶納！我好像見過你，一定見過你，要不，就是前世。我那麼稔熟，古舊的石頭小街，石頭的屋子，講究、精致。晚上的路燈，曳着長裙子的女娃的漫步。

我那麼喜歡你，我設想在你這裏買一座小石頭房子。但我怎麼活下去呢？沒有熟人，沒人了解我，沒人買我的畫，我會孤苦伶仃。一個老人，為了喜歡這個地方，原也可以忍受的——寂寞、冷、熱、飢餓、想念、回憶，都會傷心的。一年一年地過去，老到要拄着拐杖走路了，街上鋪子裏的人都認識我，卻不明白我的底細，會在背後用幻想編織我的經歷。

一個人靜悄悄地在樓上煮東西吃，兩隻老狗陪着我，公的叫「代苟」，母的叫「老咪」（苗話男孩和女孩）。朋友們已不再寫信來了，以為我死了，因為我沒有回信；何況，我一

西耶納德卡波廣場

直不懂意大利文。這裏又沒有中文報紙，中國是哪位老兄當總理、當主席？香港越來越好還是越來越壞？不單不知道，也不再想它。

大衣舊了，有的地方還露了口子，脫了線路，那不要緊，曾經是名牌，很好的手工。坐在路邊咖啡館，生人也尊重我，認為這個東方人要不是漏氣財主便是落魄政客。這不用認真高興或生氣，也不值得理會。

三間畫廊掛了些蹩腳畫，不知畫的什麼狗屁，卻從不買我的畫。二十多年前就決定不買了。他們認為我的畫價是天方夜譚，不可相信也不能原諒。我早不畫畫了。我也不原諒他們。有時親親他們的孩子。有時，也上這家或那家畫廊坐坐，他們給我水喝，遞過來一杯卡布奇諾，用不着說話，出於對老人的尊敬，像對待他外婆的遠房兄弟一樣。

外頭來了畫家，畫廊主人可能悄悄告訴他我曾經是個同行，好奇地和我聊了兩句，得不到回應，也就算了。

早些年，帶來的一些刊登我的畫作的畫冊和報章雜志，早就給自己和別人翻爛了。對着模糊不清的碎片介紹自己，是費神費力的。觀者也不會出現高潮。

我不喝酒已是眾人知道的事，是一個主題和形象模糊連鼻子眼睛也剝蝕了的石雕。像老處女強自掙扎的矜持嗎？不，我不過只是陷入陶醉的深淵裏罷了。

隔着老玻璃窗看雨，聽雨；看雪，聽雪聲簌簌下落。夜晚，偶爾也瞥一眼時多時少的星星。只是看和聽，不進腦，不縈迴，不求結論，要思想幹嗎？

兩隻老狗
陪着我

兩隻老狗跟我走了那麼多的地方，牠們不是奧古斯都皇帝的那兩隻狗，沒那麼為歷史記憶；我不信奧古斯都的狗有「代苟」和「老咪」多見識。廣州、北京、湖南、香港再意大利。千山萬水，可能打破了狗的文化歷史紀錄。拿破侖打埃及除了帶去考古鑒定專家和運古董毛驢之外，一定還有一大群狗，不過從法國、意大利到埃及不算遠，當然缺乏人文的經歷。

狗對周圍事物，除了教堂的鐘聲之外從不感動。牠們昂起頭，如此悠悠之深情地眯着眼睛嗅聞着遙遠的鐘聲。鐘聲香嗎？或是引起牠們某種迢遙的朦朧？

黃昏前我總帶着牠們在城裏上下走一圈。看看金黃的街燈一盞盞亮起。慢慢地踱着，街兩旁升騰起晚炊的香味，我輕輕向老狗一家家地介紹：這是加「芝士」粉的濃濃的龍蝦湯；嗯？煎魚，可能過火了……聞到嗎？托斯卡納菜飯，橄欖油浸酸茄子和辣椒……那種撒在烤羊腿上的樹根粉末叫什麼？我一直唸了又忘！……兩隻狗看了我一眼。

廣場四邊的咖啡館已經滿座，泉水旁三個多情的黑人在弄樂器，人們靜靜地圍成一圈。為什麼古時候那位設計家要把廣場弄成漏斗形的呢？我覺得這種設計很別致，有創見，是全世界流行的平坦廣場的創舉，但為什麼呢？

大白天，西耶納全身爬滿遊客。晚間才得安靜，讓本地人喘口氣，喝杯咖啡。說老實話，遊客春蛙似的聒噪，污染了優雅；只是少了他們，西耶納靠什麼過日子呢？

我一邊畫畫、一邊做着這些荒唐而孤寂的夢。說老實話，我喜歡西耶納，也像我所設想的一個人住下去會如何如何寂寞可歎！人總是人，有自己的故土，不到忍無可忍，誰願意離開呢？古詩云：

「高田種小麥，終歲不成穗；男兒在他鄉，焉得不憔悴？」

有人要買畫，我不賣。畫完已是黃昏，跟着女兒女婿開車回翡冷翠。

永遠的窗口

我二十四五年前畫過一幅油畫，後來送給朋友，他帶到香港來，在一九八七年我加題了些字在上面：

一九六七年余住北京京新巷，鄙陋非余所願也。有窗而無光，有聲而不能發；言必四顧，行必蹣跚，求自保也。室有窗而為鄰牆所堵，度日如夜，故作此以自慰，然未敢奢求如今日光景耳。好友南去，以此壯行。黃永玉補記於一九八七年。

我想，油畫如果有點意義，題些字在上頭亦無妨。

「文革」期間，我住的那些房子被人霸佔了，只留下很小一些地方給我一家四口住。白天也要開着燈，否則過不了日子，於是我故意地畫一個大大的，外頭開着鮮花的窗口的油畫舒展心胸，也增添居住的情趣。

「文革」之後接着是「貓頭鷹案」，周圍壓力如果不是有點幽默感，是很難支撐的。

阿Q自從向吳媽求愛失敗後，未莊所有的老少婦女在街上見到阿Q也都四散奔逃，表示在跟阿Q劃清界限，保持自己神聖的貞節。

我那時的友誼關係也是如此。大多朋友都不來往了。有的公開在會上和我明確界限；有的友情不減而只是為了害怕沾染干係；這都需要我用幽默感和自愛心去深深體諒他們的。

我不是阿Q那種「一失掉卵泡就唱歌」這樣的人，他開朗無心，而具備善自排遣的本領和心胸。

幸虧還剩下幾個「遺孑」式的朋友。他們都沒有當年那批廣大的朋友顯赫：花匠，郎中，工人，旅店服務員……之類，甚至膽子極小的小報編輯。有的公然堂而皇之大白天走進「罐齋」來看我，有的只能在晚上天黑以後戴着大口罩衝進屋來。

紺弩老人有句詩：「手提肝膽照陰晴」，說的就是這一類朋友。

我的這些朋友，我畫的那張「窗口」，還有考驗我們友誼和信念的那幾頁可笑的歷史，最是令人難忘。

我一生經歷的窗口太多了。

兩三歲時，在「古椿書屋」，爺爺房裏有一個帶窗臺有矮欄杆和可以坐臥的窗臺的大窗，窗外是一個七八英尺不到的小園子，栽滿了長着青嫩綠色大刺、開又白又香小花的矮棘樹，除了蜜蜂和蝴蝶，連貓也擠不進去。爺爺給它起了個樸實的名字：「棘園」。

下雨、落雪、陽春天氣，坐在窗臺上一路從棘園看過去，白矮牆和黑瓦簷，張家李家的屋角、影壁、北門的城垛，染房曬布的高木架，看不見的還有北門河，河對面的喜鵲坡，你

我畫的窗口

還可以想象那一帶的聲音……那是第一個認識的世界。

一九三九年流浪的時候，住在朋友開麵館的閣樓上，每天毫不知前途地刻着木刻、看着書。一尺見方的窗子，床橫在窗口，樓下生意勁時，柴火一旺，小閣樓便煙霧騰天不見五指。小窗口外一式沒有想象力的瓦屋頂。我正讀着鄭振鐸編的《世界文學大綱》的英國文學部分，見到那個假想的十六歲詩人查泰頓自殺的油畫照片，他斜躺在矮床上，張開的右手裏還留着一片殘稿，正面一個小小的窗口。我幾乎跳起來！我也十六歲，我也有一個窗口，天哪！我是不是要死了？

一九四三年在江西信豐縣民眾教育館工作，說是工作，其實什麼工作也沒做。不做工作而白拿薪俸豈不慚愧？不慚愧！那一點錢幹什麼也賺得到。這樣的處境居然還第一次結識了女朋友。

我的房間在樓上貼街的部位，另一個方向才有一扇大窗，對着幾十畝草地和樹林，每天早上太陽啦！霧啦！小學生唱歌啦！雞叫啦！都灌進我那沒有窗門框的窗洞裏來。

女朋友也在民眾教育館工作，大清早見她從老遠冉冉而來，我便吹起小法國號歡迎。弄得同事都逐漸明白，女朋友的上班跟我的號聲大有牽連。

多少年後，一九四八年我跟這位女朋友（也即是拙荊）在九龍荔枝角九華徑找到一個新的窗口。窗口很大，屋子那麼小那麼窄，只容得下一張床和一張小工作臺。是一間隔板房。隔壁住的朋友是個怕老婆的家伙，一天二十四小時，每顆時間細胞無不浸透了一個「怕」字，

古椿書屋的窗臺

九華徑的窗口

「山之半居」客廳的窗子

所以使我們每天的見聞十分開心。

我們窄小的天地間最值得自豪、最闊氣的就是這扇窗子。我們買了漂亮的印度濃花窗紗來打扮它，驕傲地稱這個棲身之處為「破落美麗的天堂」。

從這裏開始，我們躊躇滿志地到北方去了。

幾十年後，我們又重新回到出發的地點香港來。

以我們幾十年光陰換回滿滿行囊的故事。

只要活着，故事還不會完；窗口雖美，卻永遠總是一種過渡……

眼前，我們有一長列窗口，長到一口氣也走不完。它白天夜晚都很美，仍然像過去如夢般地真實可靠……

明天的窗口，誰知道呢。

「無數山樓」客廳的窗戶

原版後記

別了！

我說別了，只是寫《沿着塞納河》與《翡冷翠情懷》告一個結束。「世無不散的筵席」，任何事情總有個「完」的時候。寫到盡或者不想再寫下去，或是要換一個別的寫法，都屬於「別了」的這個意思。

這幾十篇旅遊的聯想，有一點望舒先生的「做迢遙之旅愁的憑藉吧」（微笑）的詩意。當然我寫的這些東西不只是旅愁一方面。為了愁，何必萬里迢迢地到那兒去呢？

在意大利住了大半年，居住和工作都很適宜，還因為我的女兒和女婿在那裏，而且都是藝術同行，並且找到一個長遠的棲身之處。雖說有一個自己的屋子算是快樂之事，卻是心存着眾所周知的悲涼之感。

「……華實蔽野，黍稷盈疇，雖信美而非吾土兮，曾何足以少留。遭紛濁而遷逝兮，漫逾紀以迄今……」在菲埃索里山頂教堂拱門之下，望遠市塵，想起王仲宣《登樓賦》，戚戚之情油然而生。

一個人的情感、際遇、知識，異時異地，寫出感受，又有好心的雜誌願意發表。看過的人表示了親愛，也就小有得意了。

他鄉

我也對老總和老闆吹牛：你們哪裏找得到那麼認真、夠分量的插畫。老總和老闆都笑眯眯默認，我也着實地感謝。漂亮的製版和編排，令我每週四迫不及待地要去報攤買一本先睹為快。並且自我陶醉起來：「媽的！寫得真不錯！」

意大利的佛羅倫薩一週後能看到《壹週刊》，女兒有時來信指出典故的謬誤，我想出集子時改正。

女兒小時候對我說：「爸爸，你別老！你慢點老吧！」

她都大了，爸爸怎能不老呢？女兒愛爸爸，天下皆然。

「文化大革命」開始時，她大約八九歲。熱火朝天的動盪，我每天乖乖地到學校去接受審訊和監督勞動。社會上不斷傳來這個那個熟人自殺的消息。女兒也承擔着過分的恐懼和不安。一天早上我上班的時候，她站在陰暗的屋子中間輕輕對我說：「爸爸，你別自殺，我沒進過孤兒院啊！怎麼辦？爸爸！」

我拍拍她的頭說：「不會的！孩子！」

遠游無處不銷魂
陸放翁句
黃永玉作於辛未

二十多年過去了，從文表叔也逝世了，表嬸害着骨頭病一個人清苦地生活着；過幾天，我也就六十八歲了。朋友們都在北方。所幸我們都仍繼續地活了二十多年，並且還會繼續地活下去。有時我感覺頗為慚愧，比起朋友，我算是活得鬆動了。

一方面是接近不逾矩之年，也為了朋友和家國，該加一把勁的緣故吧！閒暇間時作奮起，倒弄得渾身一股子用不完的勁，腦子也特別之鮮活。

說起香港，一生間有六分之一在這裏了。世界上，只有這塊小勞什子幾乎像黃山一樣，「集」世界名城的「眾嶽之妙」，小，精致，包羅萬象；像一個大家庭。哪家、哪個人出了一點閃失，當天或第二天大清早全城都知道這段新聞。雖是社會層次複雜，間隔森嚴，倒是容不得一粒沙子。

激情，天真，哭笑隨意，自我開懷，因此難免容易上當。吃虧之後破口大罵，大罵之後繼續上當，周而復始……這就是香港人。

我以前和現在的生活沒有區別。朋友不多，應酬很少。我喜歡自己的生活天地，又不貪食。希望朋友喜歡敝「內人」做的家常飯菜，卻不中意哪怕是「第一流」的館子裏千篇一律、令人懊惱的食物。加上失去了時間混合着朋友的好意，矛盾十分。

我自認我家的飯菜好，也不是隨便打發人的。我認為好，別人不認為好，那又是另一番意思。要大家都高興，吃什麼都不見外的時候，興致才能融在一塊。

說到舍下的飯菜，意思指的卻是別處。我在香港的交遊其實窄得很。稱讚或罵我的都只是一種想象的擁抱和討伐，算不得受益或受害。我心手都忙，脾氣不好加上自負，難免在選